恋のトビラ

好き、やっぱり好き。

石田衣良
角田光代
嶽本野ばら
島本理生
森　絵都

集英社文庫

CONTENTS

本文デザイン　成見紀子

恋のトビラ

好き、やっぱり好き。

ドラゴン＆フラワー

石田 衣良

石田衣良
いしだ・いら

PROFILE
1960年、東京都生まれ。成蹊大学卒業。広告代理店勤務後、フリーのコピーライターとして活躍。'97年『池袋ウエストゲートパーク』でオール讀物推理小説新人賞を受賞し、デビュー。このシリーズはドラマ化され話題に。'03年『4 TEEN（フォーティーン）』で直木賞受賞。'06年『眠れぬ真珠』で島清恋愛文学賞を受賞。著書に『娼年』『スローグッドバイ』『1ポンドの悲しみ』『親指の恋人』『逝年』『チッチと子』など。

空を若葉が泳いでいた。

透明な緑のざわめきのむこうに、ぼんやりと春の空がすけて見える。小島透子《とうこ》は校門に続くケヤキ並木のした、待ちあわせの場所にむかい歩いていた。四時限目が終わって、都心のキャンパスには学生が湧《わ》きだしている。

誕生日は五月二十五日だから、あと二週間で二十歳《はたち》になる。透子はもう大学二年生なのだ。そろそろ運命の人があらわれてもおかしくはなかった。もちろんリッチな白馬の騎士でなくてもいい。それどころかプロポーズさえしてくれなくてもいい。きちんと自分のことを好きだといって、おまえのことがほしいとぎらぎらした目で求めてくれさえすればいいのだ。

透子はまだヴァージンで、高校を卒業するときに固く心に決めていた。二十歳になるまえにそんなうっとおしいものとは、さよならするのだ。処女になんか価値はない。それどころか誰かをきちんと愛するための障害にさえなることがある。まだ二年もあるのだから、きっと余裕でクリアできる。今年にはいるまでは、そう思っていたのである。

勢いのある青芝のうえをすすむ自分のつま先を見おろした。細いストラップつきのゴールドのサンダル。足の爪《つめ》にも淡いパールピンクで、ていねいにペディキュアをほどこしている。じまんではないが足首だって細かった。ただ単にやせているから細いだけなのだが、足の形は自分でもきれいだと思う。

透子は今年にはいってから、ジーンズとパンツを封印していた。寒い日でもがんばってスカートでとおしたのである。きっと自分には「女の子」力が足りないから、男子は声をかけてくれないのだ。そう信じてスカートを五カ月以上もはき続けたのだが、結果はさっぱりだった。うちの大学の男たちには見る目がないのだ。ミニスカートに襟ぐりがおおきく開いたノースリーブのカットソーをあわせても、誰も注目してくれない。

(女の子の振りなんて、もうやめちゃおうかな)

眉《まゆ》のあいだにしわを寄せて歩いていると、いきなり肩をたたかれた。

「トーコ、きいた？　戸川先輩の話」

同じ学年の塚本萌美《もえみ》だった。とりたてて美人ではないのに、なぜか高一で初体験をすませているらしい。男はこういうぽっちゃり系がいいのかな。

「知らないけど、なあに」

モエミが肩を並べて歩きだした。身長は五センチほど低いのに、胸は明らかに透子よりツーカップはおおきそうだ。

「戸川先輩、また女の子と別れたらしいよ。いつもとっかえひっかえだもんね。もてるのはわかるけど、ちょっとひどくなーい？　やり捨てばっかして。あのドラゴン、エロくて、危険だよー」

戸川の名前は龍児《りゅうじ》という。本人のいないところでは、サークルのメンバーはみな戸川をドラゴンとかエロ龍とか呼んでいた。透子はかすかに頰《ほお》が赤らむのを感じたが、平静を装った。

「別にいいんじゃないの。女のほうだって、楽しいことがあったんだしさ。別れるとすぐに捨てられたとか、傷ものにされたとかいうのは、女の子の悪い癖だよ」

「さすが、トーコはクールだなあ」

それが禁物なのだった。縦ロールに近いおおきなウエーブのパーマをかけているのは、ちやほやかわいがられたいからで、冷たい女王さまになりたいのではない。透子は戸川のことを考えた。噂《うわさ》はサークルにはいったときからきいている。あの人はエロい、新入生は要注意、妊娠させられた女学生もいるらしい。

いくら熱烈にロストヴァージンを望んでいても、同じサークルの先輩で、札つきの危険人物は避けたかった。別れたあとで顔をあわせるのを想像すると、胸の奥が引きつりそうになる。そのドラゴンがこのごろさらに危ないのだ。

大学のカフェテリアやのみ会で、なぜか透子のとなりに席をとり、妙に優しくしてくる。目と目があうと、切れ長の目を糸のように細くして笑いかけてくる。

わからないことがあれば教えてやるといって、図書館でもまとわりついてくるのだ。

　ときどきいっしょにいるのが心から楽しくなって、透子は反省するのだった。あんなエロ龍にだけは引っかかってはいけない。それこそあとでサークルやキャンパスの噂になるし、心の底ではいい気味と思っている女子たちに下世話な悲劇のヒロインにされるなんて、まっぴらごめんだった。今日だってガードをしっかり堅くしていかなければならない。

　透子のサークルは、通称B研と呼ばれていた。B級グルメ研究会というお遊びの同好会で、月に二度あちこちの飲食店でたべ歩きをして、会報やネットのホームページにレポートするのだ。以前はラーメンがテーマだったのだが、この春からもんじゃ焼きに交代している。

　正門まえの芝生の広場には、B研のメンバーがすでに集合していた。透子を見つけると、男子のひとりが声をかけてくる。法学部の片桐紀夫《かたぎりのりお》だった。白いポロシャツにアイロンのセンタープレスがきいたベージュのチノパン。いつも妙に爽《さわ》やかな格好をしている優等生だ。

「小島さん、このまえの日本文学の講義、インフルエンザで休んでいたよね。ノート貸そうか」

透子は堅苦しい片桐がちょっと苦手だった。

「ありがとう。でも、モエミに借りるからいいよ」

「えっ、わたしのより片桐くんのノートのほうが、断然いいと思うけど」

片桐は成績がよく、試験まえにはコピーが大量にサークル内で流通するのだった。

「いいから、いいから」

透子は口先でそう返事をしながら、視線で龍児を探してしまった。接近してはいけない人物なのに、なぜこんなに気にかかるのだろうか。どこかで軽音楽サークルの誰かが、アコースティックギターを弾いていた。テニスサークルの一年生がへたなボレーボレーをしている。学生が春の木の芽のように湧いた広場でも、龍児はひときわ目立っていた。

髪にシルバーのメッシュをいれて、薄手のスエードシャツの胸ボタンはみっつも開いている。厚い胸板の中央には、おおきな銀のスカルがさがっていた。大学生というより、どこかの繁華街のストリートギャングのような格好をしている。おとなしい学生の多い透子の大学では、異色のキャラクターだった。透子の視線に気づいたのだろうか。龍児は三年生との話をやめて、こちらに近づいてくる。

さて、ガードタイムの始まりだ。透子は戦闘態勢でドラゴンを待ちかまえた。

「今日もトーコちゃんはかわいいなあ」

目を細めて、笑顔になった。視線がノースリーブの肩に移ったのがわかる。

「胸はそうでもないけど、二の腕美人だよね」

そんなほめかたがあったのか。透子は内心うれしかったが、表情を変えなかった。

「習慣でほめてくれて、ありがとうございます」

片桐が口をはさんだ。

「戸川先輩、ガールフレンドと別れたっていう噂、ほんとうなんですか」

龍児はわざとらしく驚いた顔をした。こういう表情がさまになってしまうのが、この人のいやらしさだなと、透子は思う。胸ではドクロの目が暗い穴になっていた。

「そんな女の子なんて、いないって。おれ、なぜか噂ばかり立てられるんだよね。けっこう純なのに」

にやにや笑いながら銀のペンダントトップをいじって、そんなことをいっても誰も信じないだろう。透子はにっこりと冷たい笑顔でかえした。

「片桐くん、戸川先輩が誰とつきあって、誰と別れても関係ないでしょう」

「クールだなあ、トーコ姫は」

人のことを急に姫と呼ぶな。足元がぐらりとくるように感じたが、透子は龍児から離れて安全な女子グループのほうに避難した。

月島は東京湾に浮かぶ長方形の埋立地である。都心からでも十数分という便利な場所なのだが、有名になったのはもんじゃ焼きと超高層マンションがむやみにできたこの十年ほどだった。透子はB研のメンバー十数人といっしょにだらだらと地下鉄の階段をあがった。

西仲通り商店街にでると、すぐに焼けた鉄板のにおいが春の風にのって流れてきた。この通り沿いには百店近いもんじゃ焼き屋がならんで、しのぎを削っているのだ。歩行者専用になった夕暮れの商店街を、のんびりと流した。人気店ではこんな時間から、外に行列ができている。

B研の熱心な部長が探してきたのは、メインストリートから一本はずれた海鮮もんじゃの専門店だった。まだできたばかりの新しい店のようで、メンバーの何人かがデジタルカメラで店の外見と通りにだされた電飾看板を撮影している。

二階のいれこみが貸切になって、メンバーは四人ひと組で鉄板をかこんだ。透子の座卓にはなぜかモエミだけでなく、片桐と龍児までいる。龍児が叫んだ。

「生ビールの人、手をあげて」

自分が真っ先に手をあげている。横目で透子を見ていった。

「トーコちゃんはのまないの？　たまには酔っ払った顔も見せてよ」

透子はアルコールに強くなかった。すぐに赤くなるし、眠くなるのが嫌なのだ。

「ウーロン茶でお願いします」

モエミが手をあげて、かわいい声をだした。

「ドラゴン先輩、わたしがトーコの分ものんじゃいますから」

待っているだけでなく、こういう積極性も大事なのだろう。透子は冷静にそう判断して、鉄板が熱くなるのを見ていた。


その日のメニューは、海鮮スペシャルと明太子《めんたいこ》もちチーズとカレーコーンにベビースターラーメンいりの三種のもんじゃに、焼きそばと食後のスイーツだった。透子のテーブルでは、龍児が主にヘラをにぎった。龍児は顔に似あわず手先が器用で、料理にも迷いがなかった。溶けたチーズと明太子の粒がからんだ熱々のものを口に運びながら、透子は素直に感心していた。うまい人はなにをしてもうまいのだ。きっとベッドでも上手なのだろう。おかしなことを連想して、ひそかに頬を赤くしたりする。まわりのテーブルはソースで黒い焼きそばをつくったが、龍児は塩味の白い麵《めん》に仕上げていう。

「もんじゃ三品のあとじゃあ、ソース味は重いよね」

小皿にとりわけながら、透子に笑顔を見せる。まえかがみになると龍児の胸が奥までのぞいて、気が遠くなりそうになった。透子は半分焼きそばを残してしまう。もうお腹《なか》いっぱいなのだ。

「残すなんてもったいないよ。ちょっと貸して」

透子のまえの小皿をさらって、焼きそばをひと口で押しこんでしまった。頬をいっぱいにふくらませて笑ってみせた。憎めない人だ。

「デザートは、アイスクリームのあんこまきだな」

ちいさなアルミのボウルには生地とあんこがいれてあった。別な小皿にはアイスクリームの玉がひとつ。ついているのはスプーンだけだ。モエミがいった。

「戸川先輩、これどうやってつくるんですか」

龍児が胸をたたくと、銀のスカルが揺れて、まぶしく照明を散らす。

「おれ、東京の下町生まれだから、こういうのガキのころからやってるんだ」

スプーンをボウルにさして、生地とあんこを混ぜていく。きれいにした鉄板に鈍いウグイス色になった生地を垂らし、スプーンの背でならした。何度か手首をくるくると動かすと、鉄板には見事な真円の皮が焼きあがった。

「すごーい、戸川先輩、天才」

モエミが黄色い声をあげている。龍児は皮の中央にアイスクリームを半分に切って並べると、スプーンとヘラで器用にくるくるとアイスクリームを巻きこんだ。ヘラで二等分にして、透子と自分の皿にとりわける。

「モエミちゃんは片桐くんにつくってもらいなさい」

モエミはふくれっ面をしたが、龍児は透子に笑いかけていった。

「いただきますは？　いっしょにたべよう」

透子は小皿のうえにのったクレープのような包みを見つめた。いただきますと口のなかでつぶやいて、ひと口たべてみる。外側は熱々だが、なかのアイスクリームは歯にしみるほど冷たい。とても甘くて、おいしかった。龍児のようだと思った。外面だけひどく優しいのに、きっと心は冷え切っているのだ。それでも、透子はデザートを残らず片づけてしまった。料理には人柄がでる。龍児のつくったものには、迷いのない速さとていねいな心づかいがあって、それは別にグルメではない透子にもよくわかったのだった。

片桐は龍児のまねをして、デザートに挑戦した。生地を練るところまではよかったが、スプーンをどう動かしても、生地を丸く広げることはできなかった。困っているうちにいびつな皮はでこぼこになってしまう。それを無理やり直そうとしたものだから、アイスクリームが溶けだして、鉄板のうえはクレープではなく、追加のもんじゃのようになってしまった。モエミは怒っている。

「片桐くん、下手《へた》っぴだなあ。もういいよ」

龍児と透子は共犯者の笑みを浮かべて、片桐とモエミを眺めていた。

「もうちょっと修業する必要があるな。なんたって、うちはB級グルメ研究会なんだから」

片桐はへこんでしまい、なにもいわなかった。惨劇になった鉄板を見おろしている。

「もったいないから、たべようぜ」

龍児がヘラを手にして、溶けたアイスクリームを口に運んだ。

「まずーい。片桐もくえよ」

男子ふたりは黙々とデザートの残骸《ざんがい》を片づけた。

海鮮もんじゃの店をでたのは、夜の九時すぎだった。西仲通りにもどると、部長がいった。

「今夜はここで解散。地下鉄で帰る人はあっち。銀座までぶらぶら散歩する人は、ついてきてください」

透子の家には別に門限はない。半分に人数を減らした集団に混ざって、部長のあとをついていった。商店街を折れて、マンションのならぶ暗い通りをはいっていく。しばらくすると灰色の堤防が見えてきた。堤防のむこうには空中回廊で結ばれた聖路加《せいろか》のツインタワーが夢の城のようにそびえている。

「このむこうが隅田川。せっかくだから、親水公園を抜けていこう」

堤防に切られた階段をあがっていくと、夜の川と光の壁となって両岸を埋めつくすビルの眺めが一気に開けた。遠く勝鬨橋《かちどきばし》は青くライトアップされている。透子のうしろで、龍児がいった。

「おれ、ここの景色が東京のビル街で一番きれいだと思うな。川があって、橋があって、ビルとビルのあいだには空があって」

透子は返事をしなかった。タイルの敷かれた川沿いの公園においていく。川風は湿り気をおびて肌に重かった。スカートのなかを吹き抜けるとき、やわらかな湿度を残していくようだ。透子は先ほどからずっと龍児が数メートルうしろをついてくるのに、気づいていた。自分から話しかけるのも不自然な気がして黙っていたのである。酔っ払った集団は広い河川敷に数人ずつ散らばっていった。なかには暗い川面《かわも》にむかって奇声をあげている男子もいる。

「トーコちゃんは、好きな人いるのかな」

龍児に真剣な声でそうきかれて、透子は固まってしまった。ただ歩いているだけなのに、手と足の動きがギクシャクする。声は自分でだそうと思っていたより冷たくなった。

「いませんよ、そんな人」

夜の川のうえを光を撒《ま》きながらガラス屋根の遊覧船が走っていた。龍児の声がおおきくなる。

「なんで。ものすごくレベルの高いやつじゃないと、ダメなのかな」

そんなことはないと叫びたかった。透子は男性にすべてを求めてなどいない。ただ自分のことを好きになってくれ、いつも見つめてさえくれれば、それでいいのだ。それくらいのことが、こんなにむずかしいなんて。透子は川岸の白い手すりにもたれた。負けずに声をおおきくする。

「そんなはずないじゃないですか。恋人なんて、この二年間ずっと募集中ですよ」

龍児が夜のなか、こちらに近づいてくるのがわかった。透子とならんで、手すりに指先をかけて、夜の川にむかう。声はききとれないくらいちいさかった。ちょっと震えているようにも思える。

「じゃあ、おれなんかじゃ、ダメかな。悪い噂ばかりきいてるだろうけど」

透子は顔を振って、龍児の目を見た。そのときである。カチリと音がして、なにかがつながった気がしたのだ。龍児は確かにいい加減な人間かもしれない。でも、この瞬間は本気だ。自分のことが好きで、わたしに傷つけられることを恐れている。龍児の背景には、虫くいに明かりのついた夜の高層ビルが見える。手すりにかけた指先は、ほんの数センチの距離だった。この手を重ねれば、今夜からなにかが始まるのかもしれない。

「小島さん、もう部長たちはずいぶん先にいってるよ。戸川先輩も早く」

片桐の声が背中にあたって、現実にひきもどされた。透子は龍児になにもこたえずに、その場を離れた。ちいさな水音がきこえるが、透子は振りかえらなかった。

それから数日間、透子は自分でも理解できない日々をすごした。急に陽気にはしゃいだり、暗くふさぎこんでみたり。透子はほかの女子に比べて、精神的には波のないほうだと思っていたが、春の嵐《あらし》のように心は急に風むきを変えるのだった。

龍児とはなかなか会う機会がなかった。一般教養の心理学概要で先に顔をあわせたのは、モエミと片桐である。日ざしに熱せられた階段教室で、ぼんやりと授業の開始を待っていると、片桐がいきなりいった。

「この講義のあとで、話があるんだけど」

モエミが目を丸くして片桐を見つめてから、透子のほうにウインクした。声をださずに口の形だけでいう。

(がんばれ、トーコ)

なにをがんばるのだろうと思いながら、それからの九十分間、人間の意識よりもずっと広大だという無意識の世界について、透子はノートをとった。

大学のカフェテリアは、ガラス張りのショールームのようだった。夏は熱帯植物用の温室みたいに暑くなるのだが、五月ならちょうどいい温度だ。片桐は透子にエスプレッソを買ってきてくれた。アルコールには弱くても、コーヒーは強いのが好きだ。

「このまえ、戸川先輩と危なかったね」

あれは危険なことだったのだろうか。爽やかなサックスブルーと白のストライプシャツを着た片桐を見た。

「このまえ小島さんはいってたよね。ドラゴンみたいな危険人物には注意しなくちゃいけないって。なんだか雰囲気がやばそうだったよ」

片桐はずっと自分を見ていたのだろうか。ぼんやりしていると、片桐が身体《からだ》を透子の正面にむけて口を開いた。

「ぼくはまえから小島さんのことが好きだった。最初は気軽な男友達のひとりとしてでいいから、つきあってくれないか」

じっとこちらを見つめる同じ年の男性に目をやった。静かな心のまま、透子は考えた。

こういうまじめでいい人とつきあったほうが、女の子はしあわせになれるのかもしれない。これが自分の恋愛でなく誰か他人のケースなら、きっと片桐を推薦することだろう。透子はすこし悲しい気分でいう。

「今はよくわからない。ちょっと時間をもらって、いいかな」

透子の真剣さは片桐にも伝わったようだった。顔を明るくして、優等生はいった。

「時間ならいくらでもあげる。ぼくはこの大学にはいってよかったよ。小島さんみたいな人にも会えたし」

透子はただ微笑《ほほえ》むだけだった。一生のうちに何度か誰にでもモテ期がくると、みんなはいう。数日のあいだに二度の告白を受けた今が、透子の生まれて最初のその時期なのだろう。それがこれほど空《むな》しいものだなんて。

透子はカフェテリアから去っていく片桐の背中を半分閉じた目で見送った。

龍児からいきなり携帯に電話があったのは、カフェテリアの告白の翌日だった。

「トーコちゃん、今なにしてる」

キャンパスの緑を眺めて、透子は返事をした。

「このまま帰ろうか、それとも渋谷にでもいって買いものでもしようか、迷っていたところ」

龍児の声は底抜けに明るい。

「じゃあ、ちょっとデートしよう。渋谷の公園通りにあるカフェ、覚えてる？B研で昔喫茶店のナポリタン研究をしたよね」

「NHKのてまえにある地下のテラスのカフェ」

「そうそう、そこで二十分後に待ってるから」

さよならもいわずに通話は切れてしまった。ドラゴンはわたしにもいかないという選択があることがわからないのだろうか。

だが、三十五分後、透子はカフェにつながる赤いレンガの階段をおりていた。龍児に与えた罰は、ほんの十五分の待機にすぎなかった。こないのかと思ったという龍児の言葉には余裕があって、それが透子にはくやしかった。

龍児はこのまえの夜のことなど、ひと言も口にしなかった。いつものように軽快で軽薄なドラゴン的会話に終始する。透子はつられてつい笑ってしまうが、ほんとうにこれでいいのだろうかと疑問にも思っていた。このままなし崩しで、つきあってしまってもいいのだろうか。片桐の痛々しいほどのまじめさに比べて、エロ龍のこのノリはなんなのだろうか。喫茶店にいたのは四十分ほどで、ふたりは夕空のした公園通りから代々木公園にむかって歩きだした。

熱のない日ざしに全身をオレンジ色に染められ、長い影を歩道に引いてただ歩く。それがこれほど楽しいのが、透子にはわからなかった。龍児は慣れた様子で腕をあげ、いきなり透子の肩を抱いた。

男の腕の重さに透子は目が覚める思いだった。

「好きだともいわずに、肩を抱くの」

ほんの数十センチほどしか離れていない龍児と目があった。じっと見つめかえしてくる視線には、ひどく真剣な力がある。

「そんなの言葉じゃないだろ。おれ、こんなにラブラブビームだしてるのに、トーコ姫にはわからないのか。こっちにだって、余裕なんてないさ。いつだって誰かとつきあい始めるときは必死だ」

透子はただうなずいて、龍児の歩く速さに自分の歩調をあわせるだけだった。急に胸の底から幸福感がつきあげてきて、このまま明日の夜明けがくるまで都心の公園を龍児と歩いていたいと思う。きっとこれでよかったのだ。いつかひどく傷つけられる日がきても、今のこのときを忘れなければ、それでいいのだ。

透子は肩にのせられた手に、自分の手をそっと重ねた。

片桐には翌日、断りの言葉を伝えた。龍児とつきあうことに決めたと正直に伝える。やはり心理学者のいうとおり、心は心よりももっとおおきなものでできていて、透子の無意識は迷うまでもなく龍児を先に選んでいたのかもしれない。

それから二週間と七回のデートのあとで、透子は龍児と初めて結ばれた。痛みはなんとかがまんできる程度だったが、行為自体はあまりにあっさりしていたので、なんだか拍子抜けするようだった。

二十歳の誕生日には、ほんのすこし間にあわなかったけれど、透子は別に気にしてはいなかった。あんなことは、別に焦るまでもなかったのだ。

透子は龍児の身体をとおして、男性というかわいくて愚かな生きものについて、いくつかのことを学んだ。それでも龍児の心になにがあるかはわからなかった。男というのは不思議な生物である。

龍児には最近はジーンズばかりだと文句をいわれるけれど、透子は気にしなかった。スカートだろうが、ジーンズだろうが、いったん男をつかまえてしまえば、もう「女の子」力など、たいして必要ではなかったのだ。どちらも脱いでしまえば、中身だって変わらない。

透子はすべてを終えたあとで、龍児と裸で抱きあう時間が好きだった。そんなとき透子は龍児の厚い胸に頭をのせて、心臓の鼓動をきくことがある。同じ心臓と同じ手足。目だって鼻だって口だって、たいして違いはしない。それなのに、これほど違う部分がある。

そのわずかな違いに感謝して、透子はいつも銀のペンダントトップのすこしした、汗のにおいがする男の胸の中央にキスをするのだった。

卒業旅行

角田 光代

角田光代

かくた・みつよ

PROFILE

1967年、神奈川県生まれ。早稲田大学第一文学部卒業後、'90年『幸福な遊戯』で海燕新人文学賞を受賞し、デビュー。'96年『まどろむ夜のUFO』で野間文芸新人賞、'03年『空中庭園』で婦人公論文芸賞受賞。'05年『対岸の彼女』で直木賞受賞。'06年『ロック母』で川端康成文学賞、'07年『八日目の蟬』で中央公論文芸賞受賞。著書に『薄闇シルエット』『マザコン』『福袋』『三月の招待状』『森に眠る魚』など。

最悪だ。こんなはずじゃなかった。

ホテルの、二階の部屋の窓から見えるのは、陽のあたる路地裏で、見ていてもまったくおもしろいことなんかない。なのにわたしは、もう小一時間も、窓辺に貼《は》りついてぼんやり外を見おろしている。

卒業旅行を計画したのは去年の冬休み前だ。ガラスばりの学生食堂の片隅で、旅行雑誌やパンフレットをテーブルに広げ、学生最後の旅についてわたしたちはわくわくと話し合った。わたしたち、というのは、わたしと宮澤さくらと矢野夏《なつ》乃《の》。この短大に入学したときからの友だちだ。わたしたち三人には共通点がいくつもあり、それですぐに親しくなった。地方出身で、女子寮住まいであること。

高校が女子校だったこと。短大に入学した十八歳の時点で、恋人がおらず恋愛経験もなかったこと。カラオケが嫌いで、昔の映画が好きなこと。それから、とくにこれといった目的もなく、ただなんとなく文学部英文科を受験したこと。この二年、わたしたちはずっといっしょだった。なんでも話したし、食事だってほとんどいっしょだった。

卒業旅行にみんなでいこう、というのは、一年生のときから決めていた。それで去年、何回も話し合いを持ったわけなのだけれど、さくらも夏乃も、はっきりした意見があって驚いてしまった。思えばあのときに気がつくべきだったのだ。卒業旅行がこういう展開になるということに。阿呆《あほ》なわたしはあのとき、みんなが決めてくれて楽だなあ、としか考えていなかった。

ぜったいにネパールにいく、と言い張ったのは夏乃だった。ネパールのネワール美術と、チベット仏教とヒンズー教の混在する宗教を見てみたいのだと力説した。ネワール美術なんてわたしは聞いたこともないばかりか、ネパール自体がどこに位置するのかも知らなかったから、急に熱く語りだした夏乃をぽかんとして眺めていた。対してさくらは、スペインを推した。闘牛とフラメンコとダリの美術館を見たい、と言うのである。闘牛とフラメンコとダリは、少なくともネワール美術なんかより理解できたのでほっとした。

わたしはと言えば、どこにいきたいかという強い希望はまったくなかった。外国ならどこでもよかった。わたしはまだ外国にいったことがなかったから（さくらと夏乃も外国にいったことはないはずだったけれど）。それで、学食の隅の席で、二人の熱い応酬をぽかんとした顔で眺めていたのである。

話し合いは終わらず、夏休みにヨーロッパを一周したという、教育学科の鍋島《なべしま》佐緒里《さおり》にアドバイスを求めることになった。彼女は、スペインはスリにあったから個人的にあんまりいい印象を持っていないと答え、外国旅行初心者のわたしたちはなんだか腰が引けてしまって、結局夏乃の希望通り、行き先はネパールになったのだった。カトマンズに一週間、ポカラに一週間、計二週間の、学生最後の旅。

三人いっしょにパスポートをとり、チケットを買いにいき、旅行用品——スーツケースだの日焼け止めだの帽子だのガイドブックだの――をみんなでわいわいと選び、そうして成田から飛行機に乗ったのが一週間前。

カトマンズの、タメル地区のホテルにチェックインして、三日ほどは三人で行動した。露店や屋台でにぎわうダルバール広場やマチェンドラナート寺院を見たり、タクシーに乗ってチベット仏教の寺院スワヤンブナートにいったり、ヒンズー教の聖地であるパシュパティナートまでいったりした。正直を言えば、カトマンズの空港に着いたときから、わたしはすでにかなり戸惑っていた。まず、空港を出たわたしたちめがけて、それはもう数え切れないくらいの人が「タクシー!」「ゲストハウス!」「チープホテル!」と叫びながら近づいてきたときは、わけがわからないのとおそろしいのとで、心臓が口から飛び出るかと思うほどどきどきした。裸足《はだし》の子どもたちが、運んで小遣いをねだるつもりか、ほうぼうから手を出してわたしたちの荷物をひっぱるのにも参った。人波をかきわけかきわけして迎えのタクシーをさがし、乗りこんだはいいものの、走り出した送迎車の車窓の光景にまた、わたしはひどくたじろいだ。車が進むのは舗装されていないでこぼこ道だし、ランニング姿の男たちが黙々と土を掘り返しているし、ほとんど裸のちいさな子どもが道ばたにしゃがみこんで鼠《ねずみ》の死骸《しがい》で遊んでいるし、痩《や》せこけたおばあさんはなぜか歯を真っ黒にしていて口を開くと空洞みたいだったし――とにかく窓の外のすべてが、わたしの理解や想像を超えていて、気持ちがどんどん萎縮《いしゅく》しているのを感じた。

それでも、三人で行動しているときはまだよかった。何種類もカレーののったターリーはおいしかった。べつのレストランでは、ロキシーという焼酎《しょうちゅう》をサービスしてくれて、三人で酔っぱらうまで飲んだりもした。パシュパティナートで死んだ人の火葬を見たときは、足から力が抜けてへなへなと座りこんでしまったけれど、さくらと夏乃が助け起こしてくれた。

ところが四日目の朝になって、「今日から別行動にしよう」と、夏乃が宣言するように言ったのである。当然さくらが反対するものと思っていたら、「わたしもそうしたいと思っていたからちょうどいい」などと、笑顔で言うではないか。わたしが異を唱える間もなく、「じゃあ三日後のポカラはいっしょに出発しようね」と言い残し、二人は飛び出るみたいにホテルを出ていってしまった。

ひとりきりの初日、つまり旅から四日目、こわごわわたしは外に出てみた。三人で歩いたタメルの通りを、ダルバール広場目指して歩きはじめたのだが、数ブロック歩いて、へとへとに疲れてしまった。並ぶ店からは、なんだかあやしげに見える男たちが、片言の日本語で声をかけてくるし、わたしにはわからないことをひっきりなしに言いながらついてくる男や子どもがいる。露店が並んだちいさな広場では、よたよたと走る自転車とぶつかりそうになって、老人に思いきり怒鳴られた。怒鳴られたところで、わたしの萎縮は極まってしまい、そのまますごすごとホテルに戻ってしまった。ポカラに出発するまでの三日間、わたしはほとんどホテルにこもって、持参した文庫本をぱらぱらとめくって過ごした。食事くらいはみんなでするものと思っていたのだが、毎朝早くにホテルを出ていく二人は、帰ってくるといつも部屋にいるわたしにかまうことなく、ベッドに倒れこむようにして眠ってしまう。しかたなく、わたしはホテルの向かいにあるベーカリーでパンを買ったり、ホテルのレストランでひとりカレーを食べた。

そうして昨日、長距離バスに乗ってポカラに着いた。バスのなかでは久しぶりに三人いっしょになった。バスは切り立った崖《がけ》に沿ったくねくね道をかなりのスピードで進み、今にも崖から転げ落ちるのではないかとわたしは気が気ではなかったのだが、さくらと夏乃はまったく動じず、この数日、自分たちが見てきたものについて夢中で話していた。初潮を迎える前の女の子が選ばれるという女神クマリを見たとか、バクタプルの町並みがすばらしかったとか、ボダナートでマニ車をまわしてきたとか、彼女たちの口からは、わたしの知らない単語や地名がいくつも飛び出てくる。

がたがたと揺れるおんぼろバスのなか、不思議な思いでわたしは彼女たちを眺めた。なんでも話してきて、ずっといっしょにいて、共通点が多かった彼女たちは、なんだか知らない女の子たちに見えた。好奇心と行動力にあふれ、知識と教養を正しく持った、勇敢な女の子たち。こわくて町を歩くこともできないわたしとは、ぜんぜん違う種類の女の子たち。パスポートをいっしょに取得しにいったのはついこのあいだなのに、いったいいつのまにわたしたちはこんなに隔たってしまったのだろうか。

「羊子は何か楽しいことがあった?」

ずっと黙っている私に、目を輝かせてさくらが訊《き》いた。

「わたしはずっとホテルの近辺を歩いていただけ。おもしろいことはなんにもなかった」

「それじゃもったいないよ、羊子、サリー屋にいった? サリー、作ってみたらどう? 羊子なら似合うよ」

そう言う夏乃に、

「サリーを持って帰ったって日本で着られるようなところ、ないじゃない」

と答えると、二人は顔を見合わせた。

「ねえ、羊子、働きはじめたらこんなに長い旅行にはもういけないんだよ、だから楽しんだほうがいいよ」

さくらが真顔で言い、わたしは黙りこんで足元を見つめた。そんなことわかってる。けど楽しみかたがわかんないんだもの。美術も寺院もわたしは興味が持てないんだもの。声をかけてくる彫りの深いネパールの人が全部悪い人に見えて、通りを歩くのだってどきどきするんだもの。心のなかでつぶやくだけで、わたしはそれを口にしなかった。なんだか急に大人みたいに見える彼女たちに、意気地なしと笑われそうな気がして。

ポカラに着いたのが昨日、今朝《けさ》もまた、彼女たちは元気よくホテルを飛び出していった。夏乃はタシリン・チベット村にいくと言い、さくらはサランコットの丘をトレッキングすると言って。

わたしもいっしょに連れていって、と言いたかったけれど言えなかった。見知らぬ女の子みたいな彼女たちが、あんまりにも生き生きとしていたから。好奇心を持ち、その対象に照準を合わせまっすぐ進んでいく彼女たちに、好奇心も興味もほとんど失いかけているわたしは、邪魔なだけだろうと理解できたからである。

彼女たちが出ていったあとの、がらんとしたホテルの部屋で、わたしはベッドでうとうとと寝てみたり、部屋のなかを写真におさめてみたり、ガイドブックで二人が口にしていた場所をさがしてみたりした。そうすることに飽きて、窓から外を見おろしている。最悪だ、とつぶやきながら。部屋は静かで、どこからか、民族音楽のようなメロディが聞こえてくる。ホテルの階下にあるレストランからか、それとも窓の外に広がる路地裏からなのか、わからない。

わたしたち三人の就職は去年決まった。再来月、四月にわたしたちはべつべつの場所で働きはじめる。夏乃は西洋美術を扱う出版社。さくらは下着メーカー。わたしは都内に数軒ある学習塾で、事務員として働くことになっている。わたしたちはそれぞれ三十社近く受けて、受かったのは一、二社だった。学習塾だって、どうしてもそこで働きたかったわけではない。受かったからいくだけだ。そもそも、そこでどんな仕事をするのかもわたしにはわからない。

みんなおんなじだと思っていた。さくらも夏乃も、どうしてもその仕事がしたいと思って就職先を選んだのではなくて、片っ端から試験を受けてたまたま受かったからそこに決めたのだと思っていた。わたしとおんなじように、春先から、その会社で自分が何をするのかもわからず、何をしたいかも考えていないに違いないと決めこんでいた。でも、そうじゃなかったのかもしれないと、わたしは静かなホテルの部屋で思う。そんないいかげんなのはわたしだけで、二人はもっと真剣に自分の人生について考えているのかもしれない。あれを見たい、あそこにいきたいと言って、まっすぐホテルを飛び出していくように、自分の選んだものに向かってまっすぐ進んでいるんじゃないだろうか。

わたしはまたしても不思議な気持ちになる。ずっといっしょにいたのに、はじめて恋人ができたときもふられたときも、就職活動もその成果も、なんでも話してきたのに、いつのまに彼女たちは大人になってしまったのだろう。いつのまに好きなものを見つけていたのだろう。いつのまに行動力を身につけていたのだろう。どうしてわたしだけ、ふてくされた子どもみたいに、なんにも選ばず立ち止まっているんだろう。

窓からさしこむ陽が、床を四角く切り取っている。窓にもたれかかり、白く光るその四角を眺めていたら、ふいに絶望的な気分になった。四月から働きはじめる学習塾でも、わたしはこんなふうなんじゃないだろうか。自分からはなんにもできず、おいてきぼりをくらったようにホテルの部屋で突っ立っている、こんなふうなんじゃないだろうか。退屈で地味な毎日をやり過ごしながら、生き生きと働きはじめるさくらや夏乃の背中を、羨《うらや》ましげに見送るだけなんじゃないか。

冷房のきいたホテルの部屋をぐるぐると意味もなく歩き、ため息をつきまた窓辺に立った。何もなかった路地裏に人がいる。白地の看板に、しゃがみこんで字を書いている。日本語だ。どうやら、しゃがみこんでいる人は日本人らしい。わたしは目を凝らし、看板の文字を読んでみる。

すき焼き定食、という文字が見える。親子丼《おやこどん》、という文字も。その下に、生、と書いて、その人は立ち上がり、首を傾《かし》げている。きょろきょろとあたりを見まわし、ふと、こちらを見上げた。まぶしそうに目を細める。数秒目が合う。まだ若い男の人だった。気まずくなってわたしが後ずさるより先に、彼はこちらに向かって両手をふりあげながら何か叫んだ。

その人が日本人であることに安心して、わたしは窓を開けた。むっとした熱気が入りこむ。ホテルの中庭の向こう、赤い花の垂れ下がる塀の向こうから、男の人はわたしに向かって大きく手をふっている。わたしが窓を開けたのをたしかめて、彼はもう一度叫ぶ。

「しょうがのガって、どう書くんだっけー？」

何を訊かれているのかわからず、わたしは眉間《みけん》に皺《しわ》を寄せた。

「日本の人だよねえ？」

ホテルの塀に近づいてきて、頭の上に手のひらをかざし、彼は大きな声で叫ぶ。

「そうですけど」

彼に届くか届かないか程度の、ちいさな声でわたしは答えた。ずいぶん久しぶりに声を出した気がした。

「ちょっときてよー」

彼は笑顔で手招きする。少し迷ったけれど、わたしは窓を閉め、鍵《かぎ》を握りしめてホテルの部屋を出た。そうですけど、と発音した自分の声に、はげまされるようにして。

ホテルの入り口から路地裏へとまわる。路上に置かれた看板が、レストランの店先に置く看板であることがわかる。近づいていったわたしに、黒いペンキに染まった刷毛《はけ》を手にした男の人は、なんだかずっと昔からの知り合いのように屈託なく話しかける。

「生姜焼《しょうがや》きってあるじゃん。ショウは生まれるって字でしょ、ガってどんな字だっけ」

彼が何を訊いていたのか、ようやくわかった。生姜焼きの姜の字が書けなかったのだ。

「えーっと」

宙に漢字をなぞってみると、それをじっと見ていた彼は、

「やっぱりわかんない、書いて」

と言ってわたしに刷毛を渡す。

「えっ」

戸惑っていると、「ここに書いて」と、看板の一部を指す。わたしは彼と看板を交互に見ていたが、刷毛をペンキ缶に浸し、しゃがみこんで姜という文字を書いた。

「あっ、そっか、そういう字だ、思い出した。ついでに、焼き定食、ってのもつけ加えてくれる?」わたしのわきにしゃがみこんで言う。「きみのほうがぜんぜん字がうまいなあ。生姜焼きの次は、えーっと、焼き魚定食、それからかつ丼って書いて」

「わたしが?」

「うん、書いて」

男の人はにこにこしてうなずく。何がなんだかわからないまま、わたしは言われる通りに書いた。「レストランで働いてるんですか?」焼き魚、と間違えないよう慎重に書きながら、私は訊いた。「ううん、おれ旅行者。あそこの食堂で、日本語の看板書いてくれって頼まれて、書いてんの。あっ、メニュウも書けって言われてるんだけど、きみが書いてよ。ごはん一食サービスしてくれるよ」

かつ丼、と書き終えるのを見届けると、彼はわたしの手を引いて表通りに連れていく。なんなのこの人、と思う一方で、その強引さが、なんだか心地よくもあった。そうでもされないと、わたしはどこにも出ていかないだろうから。

ホテルの並びに、ちいさな食堂があった。掘っ建て小屋のようなぼろい建物で、出入り口にドアはなく、薄汚れたレースのカーテンがぶら下がっている。自分の家に帰るような自然な仕草でカーテンをめくり、男の人はなかに入っていく。引きずられるようになかに入ると、おもてが明るかったぶん、明かりのない内部は真《ま》っ暗闇《くらやみ》に見えた。その真っ暗闇のなかから、白いシャツを着たネパール人がぼうっとあらわれる。この店の店員らしかった。

「あのさー、この子のほうが字がうまいから、メニュウはこの子に書いてもらおうよ。ほら、メニュウメニュウ」

男の人はネパール人店員に、日本語で話しかけている。目玉のぎょろついた店員は、小刻みにうなずき、カウンターの奥から端の黄ばんだレポート用紙を持ってきて、テーブルに置いた。男の人はポケットからペンを取りだし、わたしに手渡す。紙を前にしてテーブルに座ると、店員が、英語で書かれたメニュウをわたしの前に置いた。英語のメニュウをのぞきこみ、

「えーとなになに、ハムエッグアンドトースト、これは朝定食って書けばいいよ

ね？　朝定食、二十ルピー。次はターリー、これはインド定食でいい？　ネパール定食のほうがいいか」男の人は店員にいちいち確認し、ペンを握ったわたしに「朝定食、二十ルピー、その下にネパール定食、五十ルピーって書いて」と指示をする。うつむいて、言われるまま、書いていく。何をしているんだろう、と思いながら。

「ここは、何レストランなんですか」

男の人の指図のまま、生姜焼き定食だの水餃子《すいぎょうざ》だのと書きながら、わたしは訊いた。

「何って、各国料理食堂をめざしてるんじゃないかなあ。日本食もあるわけだし」男の人は豪快に笑う。

かつ丼だの親子丼だのと書いていたら、おなかが鳴った。朝、ホテルのバイキング料理を食べてからはなんにも食べていないことを思い出す。

「あ、腹減った？　メニュウ書いたらごちそうしてもらおうぜ、アルバイト代。そういう約束だから。な？」男の人は店員の肩をばんと叩《たた》きまた笑う。店員も笑っている。レースのカーテンの向こうは、昼下がりの陽射《ひざ》しで真っ白に光っている。

客のいない、薄暗いレストランで、見知らぬ男の人と向き合って、食事が運ばれてくるのを待った。黄ばんだレポート用紙にわたしが書いた日本語メニュウは、透明のカバーをかけられてテーブルの上にある。カウンターの向こうから、何かを炒《いた》めるじゅうじゅういう音が聞こえてくる。そのほかはしんと静かだ。

「どのくらい旅行をされているんですか」向かいに座る男の人に私は訊いた。

「今ちょうど半年くらいかな。あと三カ月くらいでお金が切れそうだから、そしたら帰るんだけど」

ああ、そういう人かとわたしは思った。リュックを背負って安宿に泊まって何カ月も帰らない、そういうタイプの旅人。昨日まで、ベーカリーのパンやホテルのレストランでひとり夕食を食べていたわたしは、だれかといっしょに食事ができることにほっとしていたのだけれど、なんだか面倒な話をされたら嫌だと、少々身構えた。面倒な話というのはつまり、旅と旅行の違いだとか、海外でブランド品を買う日本人批判とか、そういうことだ。バックパッカーという人たちにわたしは会ったことがないけれど、いかにもそんなふうな、説教好きな人種だという印象があった。女同士の卒業旅行や、まして萎縮してホテルから出ない日本人旅行者を馬鹿にしていそうな。

しかし彼は、わたしに何か訊くこともなく、ちいさく鼻歌をうたいながら客のいない店内を見まわしている。

「何歳ですか」何も訊かない彼に訊いてみる。

「二十七歳」と彼は答えた。

「仕事は……」と重ねて訊くと、

「半年前までは水道屋やってた。水漏れとかなおす水道屋、あれの見習い。その前は居酒屋、その前は塾の先生」

「はあ」あまりにも脈絡がないので、わたしはあいまいにうなずいてみせた。

「お金貯めて、貯まると旅に出んの。お金が続くまで旅して、そんで帰る」

「はあ」わたしはもう一度あいまいにうなずいた。何をどう思ったらいいのかよくわからなかった。そんなふうな暮らしはなんだか信じられなかった。「なんかすごいですね」けれどとにかく何か言わなければいけないような気がして、そうつけ足した。

「すごくなんかないよ、ただ旅してるだけだから」彼は恥ずかしそうに両手を自分の前でふった。その言い方が、なんだか本当にたいしたことではないふうだったので、私は思わず、さくらにも夏乃にも言えないことを口にしていた。

「ううん、すごいです。だって半年もひとりで知らないところを歩いているわけでしょう。わたしはたった二週間の旅なのに、こわくて思うように歩けないから」

　すると彼は、

「こわいのは当たり前だよ、だって知らないところなんだから。おれだって知らない町に入るときはいつだってこわいし」と、言うのである。

「こわいんですか」訊くと、

「そりゃこわいよ」と、真顔で言う。

「でも半年も……」言いかけると、それを遮《さえぎ》って、

「知らない町も一日歩けば少し知ることができる。二日歩けばもう少し知る。三日歩けば、もう自分ちの近所と変わりないよ」やっぱり照れるように言って彼は笑った。

「ポカラにはどのくらいいるんですか」

「十日くらいいるから、近所を超えてもう庭。看板書きのバイトもしてるし」

「庭かあ」わたしはつぶやいた。そんなふうに言えることは羨ましかった。

「あなただってしたじゃない、バイト」彼はビニールにはさまれたメニュウを持ち上げ、真顔で言った。

さっき頼んだ料理が運ばれてきた。彼が頼んだのは焼き鳥定食で、わたしが頼んだのは生姜焼き定食である。しかし、目の前に置かれた皿に盛られた料理は、どう見ても生姜焼きには見えない。塊肉《かたまりにく》と野菜が、黒っぽいソースのなかにごろごろ入っている。店員が男の人に何か言い、彼は、

「まじ？　うれしい、ごちそうになります」

深々と頭を下げる。店員は透明のグラスをわたしたちの前に置き、白い酒を注《つ》ぐ。チャン、とネパール人が言い、チャンごちそうしてくれるって、と向かいの彼が言う。かんぱーい、とわたしのグラスにグラスをぶつける彼に、

「あの店員さん、何語をしゃべってるんでしょう」と訊くと、彼はなぜか大爆笑した。

「ネパール人だからネパール語に決まってるでしょう」と言う。

「でも、あなたは日本語で話しかけてますよね」

「だっておれ、ネパール語しゃべれないから」彼は言って、白い液体をずずっとすすった。

ネパール語を解さない彼と、日本語のわからないらしい店員の会話が、どうして滞りなく進んでいるのかわからないまま、わたしもその液体を口に含む。ロキシーより口当たりがよかったが、おんなじくらい強い酒で、飲み下すと食道から胃がまっすぐに熱くなった。

どう見ても生姜焼きに見えない料理を、しかし幾ばくか期待して口に運んだの

だが、運んだ瞬間、「うへっ」と思わず声を出してしまった。まずいわけでは決してないのだが、それはあまりにも、生姜焼きとかけ離れた料理だった。まずブロック肉は豚ではなく、もっと噛《か》みごたえのある肉で、黒いスープは、デミグラスソースに多量のスパイスを混ぜこんだような味だった。

「あの、これ、生姜焼きとはほど遠い何かなんですけど」と言うと、向かいの彼はのけぞって笑った。

「じゃあおれの、この焼き鳥も食ってみ」

言われるまま、一串《ひとくし》もらってそれを食べ、「はあ?」わたしは首を傾げた。串に刺さった肉はやはり鶏肉ではなく、何かの肉の炭火焼きに多量のスパイスをまぶしたものだった。

「それ、水牛」彼はわたしの手にした串を指して笑い、「こっちはなんだろう」わたしの生姜焼きにも箸《はし》を延ばす。「ああ、これは山羊《やぎ》だなたぶん」

「山羊ぃ? だって焼き鳥って……生姜焼きって……」唖然《あぜん》として言うと、彼はまたもや笑い転げる。

「たぶんさあ、おれみたいな日本人旅行者が、ここのオーナーに教えたんだと思うよ、生姜焼きの作り方はこう、焼き鳥はこうだって。それをきっと、身近な食材でアレンジしたんだろうな」

「アレンジの域を超えてると思うけど」

呆《あき》れて言ったのだが、水牛を焼き鳥と名づけ山羊の煮込みを生姜焼きと呼ぶその図太さが急におかしくなって、わたしもふきだした。彼とわたしが笑っていると、ネパール人の店員も、恥ずかしそうな顔で笑い出す。

「明日、もしよかったら、この町を案内してくれませんか」わたしは言っていた。

「いいよ、庭だから」男の人は笑って言い、ヒラタケンイチという名前だと教えてくれた。

翌朝、さくらと夏乃とともに、私もホテルを出た。わたしが出かける気になったのを見て、彼女たちは安心したようだった。フロントに鍵を預け、ホテルの敷地を出たところで別々の方向に手をふって分かれた。

待ち合わせ場所——昨日生姜焼きを食べた食堂前。半分わたしの書いた看板が、もう店の外に立てかけられていた——に、ヒラタさんは五分ほど遅れてやってきた。彼を待つあいだ、どこにいきたいかと訊かれたら、なんと答えようか、どこでもいいと言ったんでは失望されるのではないかなどと、うじうじと考えていたのだが、寝癖のついたままの髪であらわれた彼は、「そんじゃ、いきますか」つぶやくように言って歩き出した。

ホテルとゲストハウスが立ち並ぶ通りを、ヒラタさんは歩いていく。ぽつりぽつりと雑貨屋やお茶屋や食堂があり、いくつかが開店の準備をしていた。開いたばかりの店先から、ヒラタさんに声をかける人もいた。学校に向かうのか、白いブラウスに紺のスカートやズボンを着た子どもたちが、歩くわたしたちのわきを走り抜けていく。何人かがふりかえって、ものめずらしそうにわたしたちを見る。そのたび彼は、胸で両手を合わせ、ナマステと挨拶《あいさつ》をする。子どもたちは恥ずかしそうに笑い、それでもやはり手を合わせ、ていねいにナマステと挨拶して、笑い声を響かせながら走り去っていった。

午前中のポカラの町は、数日前にわたしがひとりで歩いたカトマンズの町と、ずいぶんと様子が違った。もっとおだやかでやさしかった。手を合わせ挨拶する子どもたち、お茶屋の軒先から流れる白い湯気、路上に座りこみお茶を飲む退屈そうな男たち。カトマンズが荒っぽくてこの町がおだやかなのではない、カトマンズがせわしなくてこの町がやさしいのではない。ヒラタさんの数歩あとを歩きながらわたしは気づく。わたしの前を歩くヒラタさんが、自分の扉を開け放ち、ここはそこから続く庭だと信じているから、この町は静かで平穏なのだ。オートバイや乗り合いバスがあげる土埃《つちぼこり》を吸いこみながら、ずっと抱《いだ》いていた警戒心がゆっくりとほどかれていくのを感じる。

やがて前方に湖が見えてくる。湖の真上、やけに輪郭のくっきりした雲の上から、雪をかぶった山がそびえている。湖は鏡のように雲と雪山を映している。それははっとするほど美しい光景だった。ヒラタさんは銀行の角で曲がり、湖を背にして歩き出す。わたしもあとに続きながら、ふりむきふりむきして歩いた。

「ネパールの前はどこにいたんですか」わたしは訊いた。

「タイ、ミャンマー、バングラデシュときて、それからまたタイに戻ってそこから空路でネパール」

「その全部が庭ですか」笑って訊くと、

「九割方が庭かな。勝手にそう思ってるだけだけど」ヒラタさんも笑って答えた。

「ネパールの次は？」

「インド、パキスタン、イラン、トルコ……まではいけないかな、今回は」

「すごいなあ。わたしはあと四日でカトマンズに戻って、それから東京です。四月から新入社員だから」ネパールの場所も知らなかったように、パキスタンやイランがどこにあるのかわたしにはわからなかった。それでも見知らぬ町を歩くヒラタさんの姿はやけに鮮やかに想像できた。その地に着いて三日目には、この人は今みたいに歩くんだろう。子どもたちに笑いかけて、店の主《あるじ》に挨拶して、静かで平和な庭を散策するように。

「きみだってすごいじゃない。来月には見知らぬ世界にいくわけでしょ」

ヒラタさんに言われ、びっくりした。次々と知らない場所を目指していく彼に比べたら、東京に戻って仕事をはじめる自分は、なんてつまらないのだろうと思っていたところだったから。

「見知らぬ世界といえば見知らぬ世界だけど……うわっ」

ヒラタさんと歩く道の先、ゆっくりと動く物体が牛であると気づき、思わず声をあげた。車の通る道路なのに、道の両端にはレストランや銀行のある町なかなのに、堂々と車道に牛がいる。車は牛たちをよけて徐行運転している。牛は、わたしたちが近づいてもまったく動じることなく、ちらりと小馬鹿にしたような目で見ただけだった。まるで岩をよけて歩くようなヒラタさんに続いて、こわごわと牛たちを通りすぎる。わたしのぎくしゃくした動きを見て、ヒラタさんは澄んだ声で笑った。

歩くうち、景色は次第に田園光景になる。商店やホテルはなくなり、車道の両側には緑の田んぼが果てしなく続く。ところどころに牛がいる。何度も見ているうち恐怖心が薄れてくる。特別なものはなんにもない景色だったけれど、じょじょに色合いが濃くなるのがわかった。緑の田んぼを、何にも遮られないだだっ広い空を、静止した岩のような牛を、美しいと思っていることに気がついた。

「卒業旅行なんです、友だち二人と」埃っぽい道を歩きながら、わたしは独り言を言うように話し出していた。隣を歩く、ほとんど何も知らない人に、失望されても馬鹿にされてもかまわないと思った。あるいは、なんにも知らないけれどこの人は、決してわたしのことを馬鹿にしたりしないと、どこかで信じていたのかもしれない。「わたしのほかの二人は、ものすごく行動力があって、ひとりで出かけていくのをぜんぜんこわがらない。毎日二人、子どもみたいにうれしそうな顔で、別々に出かけていくんです。わたしもそうしようと外に出てみたんだけど、呼び込みの人や道ばたで声をかけてくる人が、何かよからぬ企《たくら》みを持った人に思えたり、人混みはスリでいっぱいみたいに思えたりして、あげくのはてに、自転車とぶつかりそうになってものすごい剣幕で怒られて、こわくて、外に出られなくなっちゃった。ホテルを出てこんなに歩くのは、だからはじめてなんです」

砂利を積んだトラックが埃を舞いあげて通りすぎていく。道の先に、煙突から煙を吐き出すちいさな小屋がある。道ばたに落ちていた枝を拾い上げ、ヒラタさんはちゃんばらごっこをするように、それをしゅっしゅっとふりながら歩く。

「こわくて外に出られなかったら、ホテルにいればいいんだよ。そういう旅もいいじゃない」

少しの沈黙のあとで、彼はそんなことを言った。

「でもそれじゃあ、なんのための卒業旅行かわからない。自分の家にいるのとおんなじだもの」

「ホテルの窓から外を見ればいいんだよ。一日じゅう外を見ていれば、そこが自分の家と違う、ぜんぜん知らない世界だってことがわかるよ」

「でも」言いかけたわたしを遮り、ヒラタさんは道の先を指した。

「あそこにお茶屋があるんだ。あそこでお茶飲もうよ」

お茶屋は、トタンとベニヤ板で組み立てたおもちゃみたいな小屋で、窓もドアもなく、木材の柱だけがトタンの屋根を支えている。黒ずんで傾いたテーブルがいくつかと、プラスチックの椅子《いす》がいくつか並んでいる。数人の男たちが席について、ガラスのコップに入った液体をすすっている。

「チャイ二つお願いねー」

ヒラタさんは二本指を立てながら、ここでも日本語で注文した。まだ小学校にも上がらないほどの男の子が、ひとつうなずいて、奥で湯を沸かしている父親にそれを告げにいく。数分後、男の子は真剣な顔つきで、お盆にのせたミルクティを運んできた。ガラスのコップに入ったそれをすすると、香ばしくゆったりと甘かった。ヒラタさんがなんにもしゃべらずお茶をすすっているので、わたしもそうした。数人の男たちが男の子にお金を払って去っていくと、男の子は空いたコップを集め、店の隅の水道にしゃがみこんでそれを洗う。色鮮やかな巻きスカートをはいたおばあさんが店に入ってきて、男の子の父親と声高に何か話し合っている。店の前の通りを、牛がのんびりと通りすぎる。田んぼの緑が、ゆるやかな風にそよそよと揺れる。

時間を止めてしまったような光景を見て、わたしはなんとなく想像する。向かいに座る男の人と、このまま旅を続けていくことを。ネパールを出てインドに向かい、そこからパキスタン。それらの場所を飄々《ひょうひょう》と歩く空想上のヒラタさんの隣にいる自分を思い浮かべる。

それはひどくすばらしいことであるように、わたしには思えた。ヒラタさんと歩いていれば、わたしはだんだんこわくなくなるだろう。見知らぬ場所はヒラタさんの庭になり、そしてわたしの庭になる。ひとりで町へ出ていくこともきっとできる。夕方、わたしたちはそれぞれの庭で起きたできごとを、夢中になって話すのだ。

天秤棒《てんびんぼう》をかついだ女の人が通りかかり、店に入ってくる。老婆《ろうば》と店主の話に混じり、天秤棒にぶら下がった籠《かご》の中身を見せる。丸いパンケーキみたいなものがぎっしりと詰まっている。店主がひとつ買い、男の子を呼んで与えている。男の子は濡《ぬ》れた手をズボンで拭《ぬぐ》い、隅の席に座ってそれを頬張《ほおば》る。女の人はふとわたしたちに目を留めて、籠の中身を見せにくる。ヒラタさんはそれをふたつ買い、わたしにひとつくれた。一口嚙みちぎると、パンケーキとは違う、もっともちもちして、かすかな塩味がある。

「アルコロティ」ヒラタさんがわたしに言う。

「アルコロティ」女の人は大きくうなずいて笑う。

「じゃがいものパンケーキだよ」

「おいしい」わたしは言った。甘いミルクティにそれはよく合った。

話しこんでいた老婆は顔をそむけ、ぺっと赤い汁を口から飛ばす。老婆の歯は真っ黒で、歯のない人みたいに見えた。

「びんろう。嚙むと口のなかがああいう色になる」ヒラタさんがまた、教えてくれる。

　甲高い声で話していた老婆はよろよろと立ち上がり、店を出ていく。パンケーキを食べ終えた男の子が、席に座りこんだ女の人にミルクティを運ぶ。女の人は男の子の頰を両手で挟み、何かささやいている。ずっと笑わなかった男の子が、照れくさそうな笑みを見せる。

「ね、こうして座っているだけで、いろんなものが見えるでしょう。自分の家とは違うって、すぐにわかる」

　ヒラタさんが言った。ホテルの窓から見おろす、なんにもないと思っていた路地裏で、ヒラタさんを見つけたことをわたしは思い出す。自分の場所を往復していたのでは、会えない種類の人を、たしかにわたしはあのちいさな窓から見つけたのである。

「動けなくなったら、目を見開いてただ見るんだ。ずっと見ていると、そこは知った場所になる。知った場所になれば、どう動き出せばいいかがだんだんわかってくる。何があってもおれらはなんにもなくさないってことが、わかってくる」

おれらはなんにもなくさない。わたしはヒラタさんの言葉をゆっくりと反芻《はんすう》した。

さっき思い描いたように、この人とともにインドやパキスタンを目指すなんてことがわたしにできるはずがない。あと数日ののち、チケットに記されたとおりの日時に、わたしは日常に向かう飛行機に乗りこむのだ。それでも、これから先、短大を出て友だちと離れ離れになって、見知らぬ人たちに囲まれ見知らぬ場所で働きはじめたとき、ヒラタさんのこの言葉を、きっと思い出すだろうとわたしは思った。その場所が地味でも退屈でも、目を見開いていればきっと何かべつのものが見えてくるのかもしれない。何もなくすことはないいんだと呪文《じゅもん》のようにくりかえせば、見知らぬ場所へ向かう恐怖は少し薄れるのかもしれない。

ヒラタさんがじゃがいものパンケーキをおごってくれたので、わたしがお茶代を払った。店を出てふりむくと、男の子が店の外に突っ立ってじっとわたしたちを見ていた。手をふると、照れくさそうに笑って背を向け、ちらりとふりかえって急いで手をふり、そして店の奥へと駆けこんでいった。

その日はどこへいくということもなく夕方まで歩きまわった。舗装された道路を抜けて赤土の道を歩き、地面に品物を並べた市場を過ぎ、小学校を過ぎ解体中のアパートを過ぎ、橋を渡り川沿いを歩き、飛行場を過ぎ牧草地を過ぎて歩いた。いろんなものを見た。市場では見たこともない野菜が売られ、不思議なにおいが漂っていた。小学校のグラウンドでは子どもたちがサッカーをしていた。解体中のアパートわきでは、野良犬と三匹の子犬がいた。ちいさな男の子がミルクをわけてあげていた。橋の下を流れる川では、女たちが陽気な笑い声を響かせて洗濯をしていた。下流では、川のなかにバスを停《と》めて運転手が洗車していた。飛行場付近では、暇そうな男たちがジュースのプラスチックケースの上に板を置き、将棋によく似たゲームをしていた。牧草地にはやはり、漂う雲のように牛がいた。わたしはそれらの光景を、ヒラタさんの言うように、ただ、見た。目を見開いて見た。彼の言うとおり、知らない場所はたしかに、知っている場所へとじょじょに変わっていった。町のどこでも、路地裏でも市場でも、川沿いでもひとけのない牧草地でも、静かに人々の生活が営まれている。それはなつかしいようなせつないような、なくさないように両手で守っていたいような光景だった。

ホテルのある大通りに戻ったのは、夕陽が山の向こうに消えて、空が紺色を帯びはじめるころだった。足は棒きれのように感覚をなくしかけている。それでもまだ、わたしは歩いていたい気分だった。

昨日生姜焼き定食を食べた食堂にわたしたちは入った。数人の客がいた。日本人のカップルと、がたいのいい欧米人がひとり。日本人カップルは、昨日私が書いたメニュウに見入っていた。

「ヒラタさんみたいに、わたしもいつか軽々と知らない場所を目指せるかな」

昨日の店員がまたサービスでくれたチャンを飲みながら、わたしは言った。

「一日これだけ歩いたんだから、もうここはあなたの庭だよ」

ヒラタさんは言った。日に焼けて、鼻の頭が赤くなっている。

「いつかまた、どこかでヒラタさんに会えるかな」

空《す》きっ腹《ぱら》に飲んだチャンがきいたのか、思ったことをわたしはそのまま口にしていた。

「仕事が休みになったらまた旅行にいったらいいよ。おれはほとんど旅してるから、そのうち、どっかの町でまたばったり会うよ。そしたら二人で、また日本語メニュウ書こうぜ」

それはなんだかすごくすてきなことに思えた。スペイン、ハワイ、ベトナム、アルゼンチン、トルコ、どんなところなのかまったく想像がつかない場所で、窓の外にヒラタさんを見つけること。二人でまた、ひたすら歩くこと。そんなことが、本当に起きるような気がした。旅行に出さえすれば。

「うん、最初の夏休みにはどこかを旅する」わたしは言った。

「じゃ、そのときまた会おう」半分ほど飲んだチャンのグラスを、ヒラタさんは音をたててわたしのグラスに重ね合わせた。背後で「おれ、生姜焼き」「わたしは焼き鳥」と注文をする日本人カップルの声が聞こえてくる。「食いたかったー、生姜焼き」「すごいうれしいね、こんなところにあるなんて」「安いしな」漏れ聞こえてくる二人の会話を聞き、わたしとヒラタさんは顔を見合わせてこっそりと笑った。

食堂の前でヒラタさんと別れた。じゃ、と大きな手のひらを開き、わたしに背を向けてヒラタさんは走っていく。わたしも彼に背を向けて、ホテルに向かって歩き出す。さくらと夏乃は戻っているだろうか。もし眠っていたら、揺り起こして話をしよう。わたしが今日見たものについて話し、食べたものについて話し、彼女たちが見たものについて聞き、おもしろかったことについて聞こう。そう思いながら、わたしはホテルのエントランスを目指す。エントランスに入る直前にふりむいて、ヒラタさんの姿を通りにさがした。食堂や飲み屋の明かりがぽつぽつと並ぶ通りにヒラタさんの姿はもはやなく、わたしの目線の少し上空に、黄味がかったまるい月が出ていた。

Flying Guts ✉

嶽本 野ばら

嶽本野ばら
たけもと・のばら

PROFILE
京都府宇治市生まれ。'98年エッセイ集『それいぬ——正しい乙女になるために』を上梓。'00年書き下ろし小説集『ミシン』で作家デビュー。'03年『エミリー』、'04年『ロリヰタ。』が三島由紀夫賞候補に。'04年には『下妻物語——ヤンキーちゃんとロリータちゃん』が映画化され大ヒット。著書に『鱗姫』『カフェー小品集』『シシリエンヌ』『ハピネス』『変身』『タイマ』『乙女のトリビア』『十四歳の遠距離恋愛』など。

「数学問題です。サイン、コサインときたら次は何？」

「サインはV！」

他の回答者は爆笑し、司会者は困惑を隠せません。即答したのはガッツ石松。

司会者がいいます。

「……残念。では特別に三択にしましょう。タンジェント、プレジデント、エージェント。ガッツさん、この中に答がありますよ。どれでしょう？」

ガッツ石松は叫びます。

「ポリデント！」

私はテレビを消し、大きな溜息《ためいき》を吐《つ》きました。観《み》たいドラマがあって、ビデオを取り忘れたので慌てて戻ってきたら、臨時ニュースの為《ため》に放送が繰り下げ。これなら夕飯を食べて帰宅してもドラマに間に合ったのです。

どうしてこうも私は何時《いつ》も運が悪いのだろう。タイミングが悪いのだろう。そしてワンパターンなのだろう。

子供の頃からそうでした。遊園地に連れていって貰《もら》い、最後にジェットコースターに乗ろうとすると、さっきまで動いていたのに強風の為、急遽《きゅうきょ》、運転を中止しますと係員の人に説明されるし、イルカのショーを目当てに水族館に行くと、本日、イルカが体調不良の為、ショーはありませんという貼《は》り紙に出くわす。

学生になっても働き始めてからも、そんな星回りは一向に改善されることがありませんでした。好きな男のコと同じクラスになれたためしはないし、憧《あこが》れの先輩がいるからという理由だけで、まるでルールも知らないバスケットボール部に志願してマネージャーとして入ると、その先輩は暴力事件を起こして退学になってしまうのです。ずっと想《おも》い続けていた相手に勇気を振り絞って告白してみると、決まってこう返されます。

「今、大切な人がいるんだ。君ともう少し出逢《であ》うのが早ければ良かったのに」
観るべきドラマを録画する為にビデオデッキにテープをセットして、バスルームに向かい、バスタブにお湯を溜《た》めます。フローラルの香りのするメンソレータムＡＤ薬用入浴液の容器を取り上げ、キャップをひねる。あ、そうだ。昨日、使い切っちゃったんだ。そして詰め替え用のストックを切らしていたんだ。KNEIPP《クナイプ》のバスソルトが残っていたかな? ない……。今から駅前のドラッグストアまで行くのは面倒だし。もう、嫌。会社から帰ってきたら、バスタイムくらいしか愉《たの》しみがないのに。仕方なく、入浴剤を入れぬ淋《さび》しいお湯に私は浸《つ》かりました。

次の日、会社に行くと同期のシノハラさんが手招きをしました。

私の部署は営業部。配属されているのは殆《ほとん》どが男性で、女性は雑用係としての任務を果たす私とシノハラさんしかいません。私とシノハラさんは正反対。シノハラさんはお世辞が上手《うま》く、ムードメーカー、仕事もテキパキとこなします。そして明るく華があります。一方、私は常に鈍臭い。加えて、決してブスではない筈《はず》なのですが、とにかく地味。

陰気な印象は拭《ぬぐ》い去れないまでも、せめてシノハラさんを見習って、皆に気遣いをみせなければと奮闘してみるのですが、悉《ことごと》くそれは裏目に出てしまいます。夏、部長の頭に蜂《はち》が留まっていたので、恐《こわ》いけれどもそっと近付き、丸めた雑誌で後頭部を叩《たた》くと、蜂は殺せたもののついでに部長のカツラがとれてしまった時は、部長はもとより目撃者一同が凍りつきました。しかし部署に同期の女子が二人しかいないという事情もあり、シノハラさんはこんな私と親しくしてくれるのです。

「ね、昨日、どうして急いで帰っちゃったの？」

「毎週、愉しみにしてる連ドラのビデオ予約を忘れちゃったから」

「あれからすぐ、部長が取引先から引き返してきてさ。ほら、今、うちの部署と企画部が合同で、新しい大掛かりなプロジェクトを動かしてるじゃない。そのプロジェクトのプレゼンが先方に通ったから、祝杯をあげるぞって、直接は関係のない私達まで誘って、ご飯に連れていってくれたのよ。何時もの居酒屋じゃなくて、ちゃんとしたフレンチのお店よ。勿体《もったい》ないことしたわよね」

「企画部の人達も一緒だったの？」

「勿論《もちろん》」

「……そう」

「あ、相当、ヘコんでるぅ。じゃ、可哀想《かわいそう》だから今日は、私がランチ、奢《おご》ってあげるよ」

　確かに私はその話を聞いて、ヘコみました。ですが、それは美味《おい》しいフランス料理を食べ損ねたからではないのです。企画部と合同の食事会に参加出来なかったからなのです。

　合同プロジェクトが始動してから、私は何度かフロアが違う企画部に書類を届けたりという用事を頼まれることがありました。そこで彼の存在を知ったのです。私は単なるＯＬ、大きな会社の中で自分の部署から出る機会は滅多になく、他の部署の人達と親密に接する仕事など任されません。ですから、入社して一年以上が経ちますが、社内での交友関係など限られているのです。初めて企画部に何が入っているのかよく解《わか》らない大きな段ボールを届けさせられた時、応対してくれたのが彼でした。

「重かったでしょ」

「否《いえ》……」

モカブラウンにブルーのストライプが入った三つ釦《みボタン》、タイトなウール地のPaul Smith《ポールスミス》のスーツを着ていた彼は、ジャケットをぞんざいに脱ぎ捨てると、白いシャツに結んだ淡いグレイのネクタイを緩めます。両手で段ボールを受け取り、床に置くと机の上にあった黒いフレームの眼鏡《めがね》を掛け、しゃがみ込み、早速、箱を開け始めました。

「では——失礼します」

彼はちらりと私を見上げ「ご苦労様」。いうと、すぐに箱の中に目線を戻しました。

企画部を出た私は、駆け足でおトイレに駆け込みました。心臓の高鳴りを抑える為です。

どういう訳か、私は黒縁眼鏡の似合う男性に弱いのです。それでもって、そんな人に眼鏡越しに一瞬でも見詰められると、くらくらしてしまうのです（これって単に眼鏡フェチなのですかね）。我ながら非常に単純だと思います。でも以来、私の頭の中には名前すら解らぬ彼が棲《す》みついてしまったのです。

それから、偶《たま》に彼を廊下やエレベーターの前で目撃することがありました。用事を頼まれ企画部を訪れ、彼の姿を観ることもありました。しかし、私は意識してしまうとその相手に挨拶《あいさつ》すらままならなくなってしまうのです。ですから、逢っても話し掛けるなんて無理。歯がゆいけれど、駄目なのです。

お昼休み、シノハラさんは会社から少し離れた、ランチタイムには日替わりで常に二種類のセットが選べるイタリアンのお店に私を連れていってくれました。とても美味しいのですが、ランチセットとはいえ千五百円するもので、私達ＯＬが毎日通えるお店ではありません。この日のメニューはメインが卵を三個使ったイルフォルノ風オムライスか、季節の魚介類を使ったリゾット。私は昨日のお昼に社員食堂でオムライスを食べたので、リゾットのセットを頼みました。すると、ウェイターの人が申し訳なさ気な顔で告げます。

「生憎《あいにく》、さっきリゾットが終わってしまいまして」

私はオムライスをオーダーするしかありません。

「やっぱし、私ってついてない」

オムライスを食べ終えて、コーヒーを飲みながら私は、シノハラさんに零《こぼ》しました。

「何で？」

私は自分の昨日の昼食のことを話します。

「そっか。残念だったね。でも会社の食堂のオムライスと、ここのオムライスじゃ比べ物にならないよ。別物だよ」

「それはそうなんだけど……。私って神様から意地悪されてるのかな。そういう運命の許《もと》に生まれてきたのかな」

「リゾットが終了してたくらいで、大袈裟《おおげさ》過ぎない？」

「だって、昨日の夜も……。後、十分、会社に残っていれば」

「そういうこともあるよ」

「そういうことばっかりなの。全てに於《お》いて私は間が悪い」

呟《つぶや》くと、私は急に何だかとても悲しくなってきて、自分の将来に何の希望も託せない気がして、シノハラさんが聞き役に徹してくれるのをいいことに、今までどれだけ自分が幸福を逃してきたかというエピソードを半泣きになりながら訴えてしまいました。

「確かに、それじゃ滅入《めい》るかもね」

私の話を聞き終えると、シノハラさんは慈愛に満ちた眼付きをして頬杖《ほおづえ》をつきました。そしてもうすっかり冷めたコーヒーを飲み終えると「でもね」と、真面目《まじめ》な面持ちになって髪を掻《か》き上げました。

「もう少し早く出逢いたかったとか、出逢うのが遅過ぎたって応《こた》える男子はね、貴方《あなた》にはキツいかもしれないけど、本当はそんなこと、思ってやしないのよ。告白されて、ご免なさい、君に興味はないんだとは、なかなかいえないでしょ。つまり、君ともう少し出逢うのが早ければ良かったのにって台詞《セリフ》は、やんわりと、でもはっきりと拒否する男子の常套句《じょうとうく》なの。本当に好きだったら、出逢うのが早かろうが遅かろうが、関係なしに貴方を受け入れてくれるわよ」

「そんな……」

「恋愛はバトル、戦争なのよ。そんな調子じゃ、何時まで経っても勝てはしないわ。今は仕掛ける時期じゃないからもう少し様子をみてからと思っていると、すぐに誰かに奪い獲られちゃう。振り返ってご覧なさい、自分の恋愛を。貴方は告白するまでに、常に長い準備期間を設けているんじゃない？」

「確かにそうかもしれないけど……。でも、こちらも相手のことを、相手もこちらのことを充分に理解してからじゃないと、告白しても成功なんてしないでしょ」

「だからぁ――。その、のんびりとした考え方が間違っているの。さっきもいったじゃない。恋愛はバトルだって。理解し合えた者同士の間に戦争なんて起こらない。この人が欲しいと思ったら、どんな反則技を使っても、奪う。お互いを理解するなんてのは、その後でいいの」

「シノハラさん、無茶苦茶だよ」

「勝てば官軍って諺《ことわざ》があるでしょ。それに、一回、振られて諦《あきら》めているようじゃ、どうしようもないわ。倒されても倒されても、立ち上がり攻撃する。振られても振られても、隙《すき》あらば告白する。貴方みたいに恋愛のテクニックをまるで持ち合わせてない人が、勝利を手にするにはワンパターンでも、そんながむしゃらな方法しかないの。告白を成功させる為に準備を整える期間を持つといえば聞こえはいいけどさ、結局、貴方はね、ぼんやり待っているだけなの。見付けてくれるのを根気よく待っていても、誰も迎えになんてきてはくれないんだよ」

「………」

「で、今、好きな人はいるの？」

いる――。といいたかったのですが、愚痴《ぐち》った後に、思いがけず厳しいアドバイスを受けた私は、黒いフレームの眼鏡が似合っていたというだけで名前も知らないのに好意を寄せている相手が存在する――という幼稚な恋を打ち明けられず、つい、首を横に振ってしまいました。

「勝ち取った後で、あれっ、失敗だった、もっと吟味するべきだったと思ったなら、すぐさま廃棄処分にしてしまえばいいんだしさ。とりあえず恋愛に関しては、運とかタイミングとか気にせずに、当たって砕けてみれば。少しでもいいなと感じたら、手当たり次第に即、攻めるべきだよ。最初、イマイチな感触でも、攻めていくうち、案外、いい物件だったってケースもあるんだし」

「シノハラさんは、恋人いるの？」

「この前、別れちゃったから、現在、検索中。でも昨日の食事会で、良さそうな人、見付けたんだよね。企画部のさぁ——」

シノハラさんが狙《ねら》いを定めたのは、彼でした。シノハラさんは恐ろしく恋愛に対して積極的だし、経験も積んでいるようだし、女子である私からみても綺麗《きれい》だし、これじゃ、いくらシノハラさんのいう通りに頑張っても、絶対に勝ち目ない、じゃん……。やっぱり、神様は私に意地悪をしています。

「だけど、あれはモテるよ。Paul Smithのスーツが似合っててさ、嫌味なくカッコいいんだもん。うちの部署には絶対、いないタイプよね。彼女はいないっていってたし、とにかくメルアドの交換はしたけど、かなりの女子が狙っているだろーな。競争率高いわ。頑張らなきゃ。ガッツ！　ガッツ！」

お昼休みの時間が終わろうとしていたので、私はシノハラさんと会社に向かいました。

午後の仕事を済ませ、家に帰り、複雑な気持ちのままにベッドに寝転がり、気を紛らわせようとテレビをつけると、またもやガッツ石松が出ていました。大勢の芸能人が出演する中、何かまたとんでもない発言をした後らしく、司会のお笑い芸人にツッコマれています。

「ガッツさん、何で三田明《みたあきら》なんですか」

「そりゃ、お前、決まってるだろ。俺《おれ》の青春は三田明なの！」

「さっきの質問と関係ないじゃないですか」

「そんなのどうでもいいんだよ。ＯＫ！　ＯＫ！　ＯＫ牧場！」

何故に、私がテレビのスウィッチを入れると、こんなにも高確率でガッツ石松が現れるのでしょうか。何がＯＫ！　ＯＫ！　ＯＫ牧場！　なのよ。私の毎日は全然ＯＫ牧場なんかじゃない。

私は画面の中で奔放に振る舞うガッツ石松が無性に腹立たしくなり、テレビに向かって八つ当たり、枕《まくら》を投げ付けました。

「隣、いいですか？」

シノハラさんと社員食堂に行き、食券をカウンターで渡してそれぞれの昼食をチープなお盆に載せ、空いている席を探していると、いきなりシノハラさんが私のことなどお構いなし、窓際に向かってダッシュして行きました。慌てて後を追うと、シノハラさんは一人でうどんをすすっている彼の横に立ち、そう話し掛けています。

「あ、どうぞ」

私とシノハラさんは彼の前に座りました。

「この前の食事会で、ご一緒させて頂いたの、憶《おぼ》えておられます？」

「ええ、勿論」

「本当ですかぁ。人数も多かったし、メール、返ってこないから、忘れられてると思ってたんですよ」

「僕、メールって苦手なんですよ」

「って、何時も興味のない女のコにはそう言い訳するんでしょ」

「そんなことないです。それに最近、例のプロジェクトが本格的に動き出したから、忙しくて。返信はしなくてもちゃんと、来たメールは読んでますよ」

「じゃ、どんどんこれからもメールしちゃおう。気が向いたら、返事くださいね」

「はい」

　どうして一度、食事会に参加しただけでメールアドレスを交換出来て、こうして偶然に食堂で姿を観掛けただけでさり気なく自分をアピールして、相手との距離を縮められるのでしょうか。社交的な性格だからといってしまえばそれまでですが、納得し切れません。私が俯《うつむ》いていると、シノハラさんは彼に私を紹介しました。

「営業部の同期なんです」

「重い段ボール、企画部まで運んできて貰ったことがありましたよね」

彼が私にそう話し掛けます。

嗚呼《ああ》、あの時のことを記憶していてくれていたんだ。嬉《うれ》しい。どうしよう。私はシノハラさんのフランクさを羨《うらや》みながら彼と対面しているという事実だけで固くなっていたのに、更に緊張してしまいました。それでも私は、せっかくのチャンスを逃してはならない、こんな機会はないのだから、少しは気の利いた返答をしなければならないと頭を必死で回転させました。が、結局、「その節はお世話になりました」と、頭を下げ、どう考えても印象の良くない台詞しか口に出来ませんでした。

うどんを食べ終え、彼はポケットからハンケチを出すと、掛けていた眼鏡のレンズを拭《ふ》きます。

「失礼。うどんを食べると、湯気でレンズが真っ白になっちゃうんですよ。カッコ悪いところ、観せちゃったな……。じゃ、もう少しゆっくりしたいんですけど、すぐに戻らないとマズいんで、僕はお先に」

　私は眼鏡を掛け直した彼の後ろ姿を呆然《ぼうぜん》と見送りました。カッコ悪くなんてない。カッコ良過ぎる――。黒縁眼鏡の人の、うどんやお蕎麦《そば》、ラーメンなどを眼鏡を曇らせながら食べている姿、そして曇ってしまったレンズを拭く仕草程、ときめくものはありません。余りにぽかんとしていたのだと思います。私はシノハラさんに肩を揺さぶられるまで、自分が直立していることに気付きませんでした。

「どうした?」

「え?」

「貴方、あの人が席を立つと同時に立ち上がって、お辞儀をして、そのまま魂を抜かれたお人形さんみたく、なってたよ」

「わ、私――。変、だった?」

「うん。変だった。とにかく座れば。食事、冷めちゃうよ」

　私は椅子《いす》に腰を下ろし、グラスに注《つ》いできた水を飲み干しました。

「貴方、前からあの人、知ってたんだ」

「否《いや》、知ってるといっても、一度、企画部に用事を頼まれて……。荷物を運んだ時に、挨拶した程度で……。それ以上は何もなくて……。だから、シノハラさんに隠していたわけじゃなくて……」

「それ以上、何もないってのは、弁明されなくても、貴方の態度ですぐに解るけどさ。っていうか、解《わか》り易過《やすす》ぎるよ、貴方。好きなんでしょ。この前の食事会の件で必要以上に落ち込んでたのは、そういう理由があったのね」

「そ、そんなんじゃない。だって、一度、逢っただけで、話も、まだ、ちゃんとしてないんだもん」

「すればいいじゃん」

ミートスパゲティを頬張りながら、こともなげにシノハラさんがいいます。

「イタリアンのお店で、お説教したばっかじゃない。貴方は様子を伺い過ぎて、失敗するタイプだから、いいと思ったら、すぐに当たって砕けるべきだって。石橋を叩いて渡るのもいいけど、叩き続けていたら、渡る前に石橋が壊れちゃうわ」

「だけど、一回挨拶をしたくらいで、好きですなんていわれたら、迷惑じゃん。イマドキ、中学生でももっとマシな手順を踏むよ……」

「イマドキじゃなくて何処《どこ》が悪いの？　一目惚《ひとめぼ》れしたなら、仕方ないじゃない。困られるかもしれないけど、好意を持たれて腹をたてる人なんていないよ」

食堂の入り口の上部に設置された古いブラウン管のテレビでは、さっきまでみのもんたが怒った顔をしてひたすらに喋《しゃべ》りまくっていた筈なのに、誰かがチャンネルを変えたのでしょうか。何時しかタモリの番組が流れています。それはいいとして、タモリの横にはまたしても数名のタレントとガッツ石松。アイドルの男のコが訊《たず》ねます。「海に向かって叫ぶ言葉の定番といえば？」。皆、口を揃《そろ》えて「バカヤロー！」と応えますが、ガッツ石松だけが「ＯＫ牧場！」。何時ものチンプンカンプンな答をいい張って譲りません。シノハラさんが一緒だったから、短い間だったけれど彼と接する状況に恵まれたというのに、私はまるでトンチンカンな対応しか出来ずじまい。それに、シノハラさんは、最近、太ってきたからヤバいんだと普段はお昼でもガッチリと食べるのに、この日は珍しく女のコっぽくパスタ。比べて私はこともあろうに豚カツ定食。

「私って、ガッツ石松みたい……」

もはや豚カツに手を付ける気力もなく、私がそう呟くと、シノハラさんは不思議な顔をしました。

「何、それ？」

「やることなすこと、悉《ことごと》く、ガッツ石松なのよ」

「いいじゃん、ガッツ石松。面白くて。知ってる？　ガッツ石松ってさ、よくクイズ番組に出るでしょ。それでさ、鎌倉幕府《かまくらばくふ》の出来た年はって問題で、ヨイクニ作ろうだから、四一九二年って答えたんだって。四一九二年だと未来じゃんねー。あのボケっぷりって、サイコー」

「私、スポーツに詳しくないからあれなんだけど、ガッツ石松って、昔、世界チャンピオンだったんでしょ。それが、今ではああやっておかしな回答ばかりして、全国の人に嗤《わら》われて……。家族の人とか、恥ずかしくないのかな。私が家族だったら、絶対に嫌だ」

「うーん。私も自分の父親がガッツ石松だったら、一寸《ちょっと》、考えちゃうけど。でもね、私のモトカレって、ボクサーだったの、実は。そのモトカレがいってたよ。ガッツさんはスゴいって。尊敬するしかない人だって。ほら、ガッツポーズってあるじゃん。あれってね、世界の王者に挑んで見事に相手を倒した時、ガッツ石松が両手を挙げてジャンプして悦《よろこ》んだ時に思わずとったポーズが、そう呼ばれるようになったんだって。だから外国人にガッツポーズといっても、通じないんだって。ボクシングって減量とかもハンパじゃなくキツいし、スポーツといっても殴り合いな訳じゃん。リングに上がれば死ぬか生きるかなんだよ。そんな過酷な世界で、ガッツ石松は判定勝ちとかじゃなく、KOで相手を倒してチャンピオンになった。そして五回、防衛に成功しているの。つまりね、早い話、とんでもなくガッツ石松は強かったの。ボクサーを辞めてからタレントになって、珍回答をしたり、ブッ飛んだ発言をして皆に嗤われているけれど、私、ガッツ石松は自分が現役時代、世界最強の男になったという誰にも真似《まね》出来ない偉業を達成しているからこそ、今はバカにされているのを解っていても、気にしないで好き勝手にやれているんだと思う。自信とプライドがあるからこそ、ボクシング以外の部分でこけにされても平気なんじゃないのかな」

「………」

そうだったんだ。私はボクサーとしてのガッツ石松のデータなんてまるで知らずにいました。愚かです。私如《ごと》きがガッツ石松の人生を見下したりしてはならなかったのです。自分をガッツ石松に喩《たと》えるなんて、ガッツ石松に失礼でした。ガッツ石松は私なんかと全く違います。ガッツ石松はクイズ番組に出て、答が解らなくたって、何時だって誰よりも早く回答ボタンを押して、怯《ひる》むことなく何かを答える。眼の前に道がなくても、深い森の中で方位磁石を持たず放り出されても、とりあえず自分が信じた方向に突き進む。それは無謀だけれども、勇気がなければとれない行動なのです。

運が悪い。タイミングが悪い。ワンパターン。それが神様から自分に与えられた不公平な宿命だからと何をする時も諦めてしまっていたけれど、私は絶対に安全な道しか歩こうとしない臆病者《おくびょうもの》だったのです。傷付くのが嫌だから、一歩が踏み出せず、そのせいで遅れをとったなら不満だけをいっている卑怯《ひきょう》な人間だったのです。自分自身に何ら誇れるものも持ち合わせていないから、他人の評価ばかりを気にして、結局、何処に辿《たど》り着くことも出来ない。きっとガッツ石松だって、ボクシングを始めてすぐに世界一になった筈はありません。でも誰よりも自分を信じる強い心があったから、殴られても殴られても、殴り返し、頂点に昇り詰めたのです。ガッツ石松も人間だから、殴られれば痛いに決まっている。それでも前に出ていき続けられたのは、痛み以上に手にしたいものがはっきりとしていたから。自分は最強である筈だという自信を持っていたからなのです。最初は根拠のないプライドだって、少しずつ結果を出していけば、揺るぎのないものになっていく。

私は私の人生の見学者でした。これから先、ずっと見学をし続けることだって可能です。でもそんな人生を送るのは、己にとって不誠実ではないでしょうか。自分を一番愛してあげられるのは自分なのだから、私は恐がり屋の私の肩を押して、リングの上に立たせなくては。歳《とし》をとってから、あの時、ああしておけばと後悔をするくらい意味のない反省はありません。

　多分、今からでも遅くない。生まれ持った資質というものもあるだろうから、世界チャンピオンになるのは難しい。けれど、限界まで自分を戦わせてあげれば、ちっぽけかもしれないけれども、人からすれば大したものじゃないと振り向きもされないかもしれないけれど、こんな私でも誇れるものが絶対に勝ち取れると思うのです。

「ねぇ、シノハラさん」

「ん？」

「ぎこちなくても、スマートでなくても、誰の真似でもない、私の頭で考えた歩き方で歩いてみれば、それでOK牧場なんだよね」

「どうしたの？」

「どうもしない。というか、今までの私がどうかしていたの。ねぇ、シノハラさん。彼のメルアド、教えて」

「いいけど、さ。どうするつもり？」

「メールするの。シノハラさんにアドレス教えて貰いましたって最初に打てば、問題ないでしょ」

「ま、そうだけど。それって、焚《た》き付けた私にも責任があるけど、少々、展開を焦り過ぎてない？　かなりの暴走だよ」

「解ってる。でも、今、勢いで突っ走っちゃわないと、私、ずっとこのままの冴《さ》えない私でいるような気がする」

「自爆するかもよ」

「覚悟してる。私、ガッツ石松になりたいの。ＯＫ牧場？」

「了解。勿論、ＯＫ牧場だよ」

　私はシノハラさんの携帯に入っている彼のアドレスを自分の携帯に登録しました。が、やっぱりいざとなると、どんな文面を送信してよいのか見当がつきません。シノハラさんに相談すれば、簡潔でそつのないメールを作成してくれるでしょうが、恋愛の計算なんてまるで不得意な私は、だからこそ私だけの力で最初の文章を打ち込みたいのです。

会社から家に戻っても、結局、案はいろいろ浮かぶものの、本文入力はするものの、保存のままで、送信のボタンが押せません。意気地がないな。私は自分の頭を拳骨《げんこつ》で数回、叩き、そしてテレビをつけました。タイミング良く、ガッツ石松が回答席に座るクイズ番組が始まったところでした。司会者が自己紹介をします。

「こんばんは。司会の……です」

続けて隣の女性のアシスタントが口を開きます。

「私は──」

そこでいきなし、ピンポーン!という音が鳴りました。ガッツ石松が回答ボタンを押したのです。驚く司会者とアシスタントの表情なぞ気にせず、ガッツ石松は叫びました。

「アシスタントの佐々木美絵!」

ガッツさあ〜ん! それ、問題じゃないよ。やる気満々なのはいいですけど。フライングにも程がある。でも、これぐらい大それたフライングをしちゃえば、もう誰も文句はいえない。ようし、私、本当に後先なんて考えず、ガッツ石松の闘志を倣《なら》ってメールしちゃえ！

「前略。今日、社員食堂でご一緒させて頂いたのは司会のシノハラさんです。私は……」

これを送信。やっちゃったぁ〜。

当然ながら、こんな不可解なメールに、返信がくる筈はなく……。それでなくともメールは苦手だっていってたし……。

だけど、私は妙に清々《すがすが》しい気持ちになり、バスルームに行くと、鼻歌を歌いながら、何時もは高いから勿体ないし、後で掃除も大変だからと買ってあるのに使わない大きなピンクのLUSH《ラッシュ》のバスボムと共に浴槽に浸かりました。お湯が薄いピンクに色付き、バスボムはシュワシュワと音をあげながら細かい炭酸水のような泡をたてていきます。ローズやラベンダー、イランイランの香りが鼻をくすぐる。薔薇《ばら》の小さな花弁が一杯、浮かび上がる。

芳《かぐわ》しいお湯にゆっくりと浸かって、部屋着に着替えて少し時間は早いけれどべッドに潜り込もうとすると、携帯にメールが届いていることに気付きました。まさかとは思いましたが、開いてみると、差出人は彼！　素っ気無い本文の内容は「アシスタントの佐々木美絵！」。私がテレビを観ると常にガッツ石松が登場するのは、神様の意地悪なんかじゃなくて、贈り物だったのです。

ベッドの上で飛び跳ね、私はまるで子供のようにガッツポーズをとりました。

初恋

島本 理生

島本理生

しまもと・りお

PROFILE

1983年、東京都生まれ。'98年『ヨル』で『鳩よ！』掌編小説コンクール年間MVPを受賞。'01年『シルエット』で群像新人文学賞・優秀作を受賞。'03年『リトル・バイ・リトル』で野間文芸新人賞受賞。'04年『生まれる森』、'06年『大きな熊が来る前に、おやすみ。』が芥川賞候補に。『ナラタージュ』はロングセラーとなり、『この恋愛小説がすごい！　2006年版』ベスト1に。著書に『一千一秒の日々』『クローバー』『真綿荘の住人たち』など。

大学の夏休みに帰省した翌日、家の縁側で麦茶を飲んでいるうちに、いつの間にか眠ってしまった。

目を開けたとき、頭のてっぺんからつま先まで夕焼けに濡《ぬ》れて、塀の向こうに大きな夕日が見えた。庭の植物も風も静まりかえり、ただ波音とツクツクボウシの鳴き声だけが響いていた。

私はズレたキャミソールの肩ヒモを直しながら、先輩のことを思い出した。あの日、やっぱりこんな夕暮れが広がっていて、私は眠っていた彼を置いてコンビニへ買い出しに行ったのだ。テーブルに残した置き手紙や、冷やし中華のパッケージが急にはっきりと思い起こされて、つい昼寝前の出来事のように感じられた。

先輩に会ったとき、私はまだろくに化粧もしたことがない十六歳で、彼は十八歳だった。

高校一年のとき、眠る間際に、いきなり同級生の山崎から電話がかかってきた。大勢で飲んでいたらしく、山崎の友達だと名乗る男の子たちが、次から次へといたずらみたいな調子で話しかけてくる。

適当に相槌《あいづち》を打って笑っていたら、ふいに、それまでとはまったく違う雰囲気の声が聞こえてきた。

「はじめまして。なんて言っても、こんなふうに次から次へと喋《しゃべ》ってたら、声の区別なんて、つかないよな」

そんな言葉が聞こえたとき、落ちかけたまぶたがふっと開いた。

「もしもし。大丈夫、聞こえてる?」

「はい、大丈夫です」

と答えた私の声は急に緊張して、かすかに鼓動も高まっていた。

「もう遅いから切るね。夜中にごめんな。あとでみんなに説教しておくから」

そして私が動揺してろくに返事もできないうちに、電話は途切れた。彼の声だけが耳の奥に余韻を残したまま。

翌朝、学校で会った山崎から、最後に私が話したのは中学のときの先輩だと教えてもらった。

葵《あおい》も今度、遊びに来いよ。女の子を連れて行くと喜ばれるからさ、と彼が気楽な口調で言ったので、行きたい、と私は答えた。ほかの男の子たちはとにかく、最後の電話の相手には会ってみたいと思った。

今でもはっきりと思い出せる。とても低くて尖《とが》ったところのない、すぐそばに熟睡している赤ん坊がいるみたいにひそめた、あの一定のトーン。たとえば卑猥《ひわい》な話をしているとき、ほかの男の子たちは笑い方がだらしなくなる。その中で誰の声とも重なることなく聞こえてきた、すべてを受け流す先輩の、真夜中の風のような声。

先輩が一人で暮らすアパートに遊びに行くことになり、私は親が寝静まった夜中に、こっそり家を抜け出した。

外では山崎や、ほかにも同じクラスの菜摘《なつみ》やユキ子が待っていた。彼らと一緒に、私は潮の匂《にお》いだけが広がる夜道を歩き出した。

子供の頃に引っ越してきた、この海辺の町が私は好きだった。

なにもない田舎《いなか》で退屈だという子もいたが、日が昇ってから沈むまで、鮮やかな青さを映す海も、空から心地よい風を運ぶ山々も気持ちが良い。

昼間は海からあがったサーファーが腰ぎりぎりまでウェットスーツを下ろして歩き回っていたり、漁から戻ってきた人々が魚や海藻を売っていたり、町中に明るい活気があるのも気に入っていた。

先輩が住んでいたのは、波音が部屋の中まで聞こえるぐらい海に近い、古い木造のアパートだった。

ドアを開けると、部屋の中はクーラーの風と煙草《タバコ》のけむりが立ちこめていた。

友達に囲まれて煙草を吸っていた先輩は、私が想像していた人とはだいぶ違った。

目尻が切れ上がり、少し話しかけにくい鋭い雰囲気があった。日焼けした横顔に、真っ青なTシャツがよく映えていた。煙草を持つ右の手首の骨が太かった。

彼は私と電話で話したことは覚えておらずに

「はじめまして」

とあっさり言った。それはたしかに電話で聞いた声だった。

はじめまして、と私も言い、となりにいた菜摘が

「どうしたの、緊張してるみたいじゃん」

とからかうように囁《ささや》いた。そんなことないよ、と私は小声で言い返したが、本当は体の後ろに隠した手がかすかに震えていた。

聞けば、先輩は十五歳のときに家を出て、運送会社で働きながら、年上の恋人と暮らしたり、一人だったり、という生活を繰り返していたという。言われてみればたしかに、笑い顔はまだ少年なのに、全身から滲《にじ》み出る変に疲れた感じとか、

彼には妙にバランスの悪いところがあった。そういう独特の雰囲気に、ごく普通の家の子だった私は、自分とは遠い世界を感じた。

午前二時を過ぎた頃、酔った男の子たちが海に行きたいと言い出した。がやがやと喋りながらアパートを出た私たちは、半分眠っているような足取りで、月明かりの下、海へ向かった。

真夜中の海は、私たちの下らない喋り声を飲み込んでしまうほど、低くうめくように波を打ち寄せていた。

彼らが近所のコンビニで買った花火を始めると、私は少し離れたところの石段に腰掛けて、真っ暗な夜空を仰いだ。

そのとき、火の消えた花火を片手に持った先輩が声をかけてきた。

「一緒にやらないの」

近付いてきた彼からは、かすかに甘い匂いが漂ってきた。

「ちょっと、ぼうっとしたくて」

普通に答えたつもりだったが、先輩はきょとんとしてから

「おまえ、変わってるね」

おかしそうにそう呟《つぶや》いて笑ったので、私は耳が熱くなっていくのを感じた。

先輩はとなりに腰を下ろすと
「そういう服、いいね。俺《おれ》、好きなんだ」

私は、内心びっくりして自分の着ていた服を見下ろした。白いシャツワンピースに紺色のベルトを巻いただけの素っ気ない格好だ。今夜の女の子たちはみんな、肌を露出した明るい色の服を着て、素顔が分からないくらいに丁寧な化粧をしていたので、そういうのが似合わない自分を内心、引け目に感じていたぐらいだった。

「子供の頃によく行った小児科の受付の人がさ、いつもそういう服を着てて、すげえ親切だったんだ。そういうこと、ない？」

ある、と私は答えた。

「私は小学生のときに好きだった国語の先生が、いつも朝の時間に本を朗読してくれて、それがすごく優しくて良い声だったから、今でも男の人の声が気になります」

　声かぁ、と先輩は呟くと、色あせたジーンズの後ろポケットから煙草を取り出しながら

「俺、自分の声には自信がないからな」

「どうしてですか？　すごく良い声なのに」

　とっさにそう返すと、彼は疑うようにこちらを見た。煙草をくわえる厚い唇や、高い鼻を月明かりが映して、波打ち際でまだ花火をしているみんながゆっくりと遠ざかっていく。

「声変わりする前から大人みたいに低かったから、授業中に当てられたときとか、しょっちゅう笑われたんだよ。良い声なんて初めて言われた」

「百年覚えてるような声ですよ」

　私が断言すると、先輩はまたきょとんとしてから、百年は大げさだよな、と大きな声で笑って、言った。

「おまえ、おもしろいね。また遊びに来なよ。俺、仕事が休みの日はだいたい暇

してるから」

その翌日の夜、いきなり先輩から電話がかかってきた。今から出て来られないかと聞かれたので、家に親がいるから今夜は無理だと答えた。代わりに私たちは電話で二時間ぐらい他愛《たわい》のない話をした。

それからひんぱんに電話がかかってくるようになり、毎回、私はどんなに眠くても彼の電話に付き合った。

真夜中、じょじょに途切れていく意識に滑り込む先輩の声はかすかに掠《かす》れていて、次第に口調も甘くなっていく。そうすると、もう、私は切る術《すべ》を失ってしまう。最後まで付き合うのが当然だという気がしてしまう。

「どうしていつも夜中に電話をかけてくるの？　先輩は眠くならないの」

何度目かの電話の最中、私がそんなことを尋ねると
「俺、不眠症なんだ」

予想していなかった答えに、私が反応に困っていると、彼は強《こわ》ばった空気を崩

すように笑って

「子供の頃に、俺が眠ってたら、酔った父親がいきなり部屋に飛び込んできて、バットで殴られたことがあった。それ以来、眠りが浅いんだ。ひどいだろ？」

あんまりびっくりしたので、そうですね、としか言えなかった。

「もう自分では忘れてるつもりなんだけど、体のほうが忘れないから」

「だから家を出たの？」

私の戸惑いを吹き飛ばすように、彼はさばさばとした口調で

「家を出たのは自由が欲しかったから。なんでも混同するなよ」

「本当にそうなのかな。私には、ぜんぶ一つに思えるけど」

「おまえは時々、色んなことを分かってるような喋り方をするね」

なんと答えればいいのか分からなかった。正直、そのときの私には先輩がなにを考えているのか、自分のことが好きなのか、どうでもいいのか、それすら判断がつかなかったし、尋ねる勇気もなかったのだ。

授業中に私のいねむりが増えると、休み時間にたびたび菜摘やユキ子が来て

「山崎から聞いたよ。なんか、先輩といい感じなんだって？　だから寝不足なんでしょう」

さぐるように訊《き》かれたので

「ううん。たまに電話してるだけ」

私が目をこすりながら答えると

「先輩って、けっこう女癖悪いみたいだから気をつけなよ。葵ちゃんって、誰とも付き合ったことないって言ってたじゃん。遊ばれちゃうよ」

そう言って微笑《ほほえ》んだ彼女たちの長く茶色い髪が揺れるのを見ながら、一瞬だけ、深夜の電話中に先輩がどれほど屈託がなく笑うか、かすかにこもった声が素敵かを話したいと思ったが、すぐに考え直して、口をつぐんだ。

派手で顔立ちも可愛い二人は、しょっちゅう私を遊びに誘ってくれて男の子を紹介してくれたが、内心では私の経験のなさに対する優越感や、私なら一緒にいても大丈夫だという余裕から来る親切だということは、うっすらとは気付いていた。

「気をつける。付き合ってもいないけどね」

私がそう言うと、彼女たちは、だめだねえ、という感じで笑った。その笑い声を聞きながら、その甲高い声色に比べて先輩の声はなんて品があるのだろう、と思わずにはいられなかった。

高校が夏休みに入り、先輩の仕事が休みの日、初めて一人で部屋に遊びに行った。

日差しの強い午後で、海は強力に光を照り返し、海水浴場の客が絶えず車道を行き来していた。

彼の部屋には、ほんの少しだけど以前来たときよりも生活用品が増えていた。その変化に自分がちっとも参加していないことに、胸が苦しくなった。

床に座り込み、先輩が渡してくれたサイダーの缶を開けながら、私は勇気を出して尋ねた。

「先輩は、付き合ってる女の子はいるんですか」

「おまえさ、どうして未《いま》だに敬語なの？」

彼が質問で返したので、私も彼の問いを無視したまま、同じ質問を繰り返すと

「付き合ってる子は、今はいない。おまえのことは気に入ってるけどね」

「だけど、好き、とか、付き合おうとか言わないから」

「おまえだって言わないじゃん」

そう言って横を向いた先輩を、窓から差し込む日差しが照らした。彼はまぶしそうに顔をしかめた。

「ただ、眠れそうだったからさ」

私が、え、と聞き返すと

「退屈なんじゃなくて、夜中に電話で喋ってるとだんだん落ち着いて、少しだけ眠くなったんだ。それが不思議で、どうしてだろうって、思ってた」

なんと答えればいいのか分からずに、お互いが黙ると、沈黙のあいだに波音と蟬《せみ》の声が落ちた。頭の芯《しん》までこだまするように響いて、こめかみに流れる汗をいつもよりもはっきりと感じていると、ベッドに片膝《かたひざ》を立てて座っている先輩の額

からも、ゆっくりと、汗が落ちた。裸足《はだし》のままのつま先は、サンダル焼けしすぎて、白い部分と小麦色の部分の差が激しい。それを見ていたら、どんどん落ち着かない気持ちになってきた。

私はベッドに両手と片膝をついて、彼の顔をのぞき込んだ。吐息が頰《ほお》に触れるぐらいに近付いたとき、目を閉じると、彼のほうからキスをしてきた。

先輩が目の前で着ていたTシャツを脱いだとき、その上半身を見た私は、はっとした。

日に焼けた脇腹《わきばら》の辺りに、大きな傷跡が白く浮かび上がっていた。こんなに大きな傷を見たのは初めてだった。

先輩が驚いたかと尋ねたので、私は素直に頷《うなず》いた。

「驚きました。これ、どうしたんですか」

「子供の頃に海に潜ってたとき、珊瑚《さんご》で切った傷。死にかけたよ」

私は無言のまま、おそるおそる傷跡に手を伸ばした。そこに触れると、先輩はかすかに眉《まゆ》を寄せて息を吐いた。私は、こういう吐息は女の人のためのものだと思っていたので、内心驚きながらさぐるように触れていると、にわかに彼は真顔になり、逆に引きずり倒され、私は堅いベッドのスプリングと高い体温の中に沈み込んでいった。

汗だくの体がようやく離れたとき、薄目を開けて壁の時計を見ると、部屋に来てから二時間近く経っていた。まるで幼い頃に時間を忘れて遊んだ午後みたいだ、そう思ってとなりを見ると、疲れたのか、先輩は日に焼けた背中をさらしたまま静かな寝息をたてていた。

先輩の抱き方は、その声のようには優しくなかった。むしろ荒くて、彼の指に絡まった髪が引っ張られるたびにうっすらと涙が出た。だけど、そのひどさの分だけ切実な感じもして、私はなんだか先輩が痛々しかった。乱暴にされているのは私だったけれど、そうしている彼のほうがずっと苦しそうだった。

私はぼうぜんと壁に寄りかかって部屋の中を見回していたが、そのうちに空腹を感じて、買い出しに行くことにした。

照りつける日差しの中で、二人分の汗の張り付いた体はかすかに重く、だけどなにかを手放したばかりの身軽さも同時に感じられて、水の中から出たり入ったりしているような、不思議な重力をまとっていた。海は一面、光を照り返し、燃えているようだった。

私はサンダルのかかとを鳴らしてコンビニに入り、髪を濡らした海水浴客の列に並んで、先輩と自分のために冷やし中華とジュースを買った。

買い物を終えてアパートに戻った頃には、もうかすかに西日が差し込み始めていた。

静かな部屋の中で、先輩はまだ眠り続けていた。寝顔からはいつもの妙な疲れも変に大人びた感じも消えて、不必要なものをすべてそぎ落としたみたいだった。その寝顔を見ていたら、愛《いと》おしさと哀《かな》しさが同時に湧《わ》き上がってきて、私はコンビニの袋を手にしたまま途方に暮れた。

ふと目を覚ました先輩が、薄目を開けてこちらを見た。

「どうした、なに泣いてんの」

私は首を横に振った。

「なんだか先輩が、長く生きられない気がして」

先輩は、あきれたように苦笑して
「勝手に殺すな。ワケ分かんねえよ。おまえの言うことは」

と言ったけれど、横顔は心なしか、少し淋《さび》しそうだった。

彼に買ってきた袋を見せ、二人で冷やし中華を食べた後、家に帰る支度をした。

帰る間際、さっき眠ってましたね、と告げたら
「やっぱりおまえ、変わってるよ」

先輩はそう言って、小さく笑った。


それから何度か先輩の部屋に通ったが、することはいつも同じだった。会話もそこそこにベッドに入り、終わった後には子供みたいな顔で眠る先輩を見届ける。

いつも帰るときにサンダルを履きながら、これを誰かに話したら間違いなく遊

ばれていると言われるのだろうな、とさすがに自分でも感じた。

先輩の部屋に向かうとき、私はいつもかすかに後ろめたい気持ちになる。

先輩の暮らす狭いワンルームは世界が完結しすぎていて、私が普段、待ちわびているテレビや、あまり遅く帰って親を心配させたくないと思う心がどこか見えないところへ追いやられてしまう。時間の流れが、変わってしまうのだ。まるで慣れないお酒を飲んだみたいにすべてが頼りなく、もう外へ出るのが嫌になってしまう。

夏休み、私は何度か菜摘たちと海へ出かけた。

明るい日差しの下で女の子たちが寄り集まって肌をさらしていれば、声をかけてくる男の子もいた。そんなとき、私に話しかけてくるのはその中で一番年上の男の子だった。

昨年の夏までは、そんなことはなかった。全体の空気に溶けて笑っているのが私の役目だった。だけど今年の私は愛想笑いもせず、だるい体を砂に埋めて黙っていることが多かったから。

話しかけてきた最年長の男の子は、みんながボールを手に海のほうへ走るのをちらっと見ながら、自分は立ち上がろうとせずに、となりに座ってぼうっとしている私に尋ねる。

「普段、一人でいるときにはなにをしてるの？」

「なにもしてないです」

と私は答える。実際、そのときの私は本当に家にいるときはなにもしていなかった。勉強もテレビも映画も雑誌も、現実の前では霞《かす》んで見えた。

「一人でなにを考えてるの」

私が一人でいるときに考えるのは先輩のことだけだったが、それは口に出さなかった。

「今度、二人で会おうよ」

私は首を横に振り、それから砂の付いた彼の体を横目で見る。

その脇腹にはなんの傷跡もなく、鍛えられた腹筋だけがかすかに呼吸で上下している。

先輩は傷のことを気にしてないと言ったが、泳ぎに行くのは嫌がった。

「まわりが気を遣うのが嫌なだけだよ。俺自身はどうでもいいけど」

だけどそれはおそらく嘘《うそ》だった。彼はどんなに暑い日でも、部屋の中でさえも、セックス以外では絶対に服を脱ごうとしなかったから。

「そういえばおまえ、海で声をかけられた男と歩いてたんだってな。山崎たちが見たって言ってたよ」

「べつに、家の近くまで送ってもらっただけです」

「いいよ、べつに。俺、おまえが会ってないときになにをしてても気にしないし」

だけど日が暮れて部屋に暗闇《くらやみ》が落ちる頃、先輩は私の腕をつかんで、いきなり余裕を失ったように、手荒くなる。ベッドではなく、かたい床に押し倒す。開け放った窓から押し寄せる波音すらかすかに遠ざかる。それでも体の芯は熱くて、彼が来るのを待っているのが分かった。

痛い、ということが、気持ちいい、ということに転化されるのはどういう仕組みなのか、私には想像もつかなかった。先輩といると、つねに言葉は後からだった。なにもかも、感覚のほうが先だった。

終わった後、先輩はいつものようにすぐに眠りはしなかった。

代わりに、濡れて額に張り付いた私の前髪を指ですきながら
「どうして俺なんか好きなの。俺、ちっとも良いやつじゃないよ」

そんなことは知っていると答えると、先輩は、ひでえなあ、と苦笑した。

「だけどそれが先輩の精一杯でしょう。どうでもいいわけじゃなくて、そういうふうにしか出来ないんでしょう。だったらいいよ」

先輩は驚いたような顔をした。変なことを言ったかと思って不安になっていると、彼はふと表情の消えた顔で
「俺、もうちょっと早くおまえに会ってれば良かったかもな」

意味が分からずに見つめ返したが、先輩はそれ以上、なにも言わなかった。

いつものように先輩の部屋から帰った夜、玄関で靴を脱いでいると、めずらし

く仕事から早く帰った父が待っていた。ちょっと来なさい、という強ばった声に、私は思わず浴びたばかりのシャワーの匂いが残った自分の髪を触った。

父は、私が男の子の部屋に頻繁に出入りしていることを知っていた。母の知り合いが近所に住んでいて、何度も見たのだという。そして彼が高校を中退していて、まだ未成年なのに煙草やお酒をやり、しょっちゅう柄の悪い友達とうろついていることも。

あんまり父が先輩のことを激しく非難するので、一言だけ反論したら、強く引っぱたかれた。私の父は昔から子供のしつけに厳しく、分からないときには手をあげることも良しとする人だった。

その夜、窓辺でぼんやりと海のほうを見ていると、先輩から電話がかかってきた。

私は、当分会えない、親の目が厳しくなった、と説明した。静かに私の話を聞いていた先輩はなにか考え込むように黙った後
「俺、今から様子を見に行ってもいいかな。家の下ぐらいまでなら出られるだ

ろ」

その言葉に驚いているうちに電話は切れた。

五分後、本当に先輩は家の前までやって来て、外灯の明かりの下、こちらに向かって手を振った。

私は隠していた靴を履き、部屋の窓からゆっくりと家の塀を伝って、なんとか外へ出た。

その様子を見ていた先輩は苦笑して
「ちょっと海のほうへ行こうか」

と言って、砂浜に向かって歩き出した。

海辺には誰もいなかった。無人の海の家や、昼間のゴミが砂に埋もれて取り残されていた。サンダルに入り込む砂の粒を感じながら、私たちは最初に会ったときのように石段に腰掛けた。

「親に叱《しか》られた？」

私が小さく頷くと、先輩はそっと肩を寄せて、私の髪を撫《な》でた。彼のそんな態度は初めてだったので、胸が苦しくなった。

「俺さ、もうすぐあの部屋を出るんだ」

彼がそんなことを言ったので、私は驚いた。

「どうして？　仕事の都合？」

「いや、ずっと探してた人が見つかったから」

「だれ？」

先輩は、その質問には答えなかった。先輩がいなくなる。まだ実感が湧かず、だけど勝手にまぶたは熱くなり始めていて、私がうつむいて黙り込んでいると
「あれ、おまえ、なんか、ちょっと顔が腫《は》れてない？」

彼が私の右頬に触れたので、私は頷いて
「父親に。うちのお父さん、怒ると、けっこうすぐに手をあげるから」

そのとき、すうっと先輩の顔が色を失った。びっくりした私が腕に触れると、彼は軽くまばたきした後に、ころそうか、と呟いた。

聞き間違いかと思った私は、え、と聞き返した。

「殺そうか。死んだほうがいいよ。娘に手をあげる親なんか」

こちらを向いているだけで、すでに私を映してはいない黒い瞳《ひとみ》が、ゆっくりと透けていく気がした。

「先輩、やめて。落ち着いて」

私は彼の手を強く握り、あわてて呼びかけた。うん、と彼はまったく気のない相槌を打ったまま海を見た。彼の体はひどく強ばっていて、私が話しかけながら強く揺さぶっても、びくともしなかった。

仕方なく、私はまるで男の人が女の人にするみたいに、先輩の背中を抱きしめていた。二人のかすかな隙間《すきま》に風が抜けると、そこだけ冷やされて、逆に押しつけた頬や唇を当てた首筋の熱を感じた。

そのとき、先輩が言った。

「俺、おまえのこと、好きだよ。たぶん、今まで付き合った子の中でも一番か、二番目には好きだよ」

一番と言い切らないところが先輩らしいと思い、私は嬉《うれ》しさとかすかな淋しさの間で、そっと笑った。

「先輩。私、先輩に会う前に一度、電話で話してるんだよ。覚えてないと思うけど」

するど彼は軽く体を離し、私の目を見つめて
「覚えてるよ。山崎が電話をかけたときだろう。おまえのほうが区別なんかついてなかっただろうと思って、言わなかったんだよ」

「なんだ、てっきり忘れてるんだと思ってた」

「俺も。覚えていてくれて、ありがとうな」

私は首を横に振った。先輩は何度か唇を重ねた後、砂を払いながら立ち上がり、そろそろ戻ろうと言った。

家の前で別れるとき、また会えるよね、と私が訊いたら
「うん。まだ引っ越すまでは時間があるし、明日電話する」

私の好きないつもの声でそう言って、彼は帰っていった。

夜に消えていくような後ろ姿を見ながら、私はなんだか不安な気持ちになり、

明日の朝になったらすぐにまた先輩に電話をかけようと心の中で思った。

だけど次は、なかった。

翌日から先輩の携帯電話はつながらなくなり、アパートを訪ねてみると、閉じた窓から、なにもない空室が見えるだけだった。

先輩が遠くの町で実の父親を刺し、バイクで逃げている最中に事故で亡くなったことを知ったのは、それから数週間後のことだった。

山崎が言うには、先輩の父親は長いこと行方不明になっていたらしい。そして母親はべつの男性と再婚した。先輩は、二番目の父親とも折り合いが悪くて家を出たのだ。

子供の頃にひどい目に遭わされた父親をようやく見つけたから復讐《ふくしゅう》に行く、と言った先輩を、まわりもかなり必死で止めたが、彼はまったく聞き入れなかったそうだ。

放課後、駅前のファーストフード店で、私は菜摘やユキ子たちと一緒に、山崎からその話を聞いた。コーラの載ったトレーに私が大量の涙を落とし始めると、彼女たちは無言で私の背中を撫でた。そこにはなんの他意もなく、心からいたわるような仕草だった。

先輩の父親は死ななかった。重体だったが、一命はとりとめたらしい。それなら先輩はなんのために死んだのか。

私に向かって、ころそうか、と言った彼は、あのとき、違うものを見ていた。そして私はそのことに気付いていたのに、自分の知らない男の子になっていく先輩が怖くてなにも言えなかった。先輩、と私は今さら呟く。このあたりの海に珊瑚はありません。

大人ぶってて、だけど本当は嘘が下手《へた》だった男の子のことを思うたび、泣けてきた。

あれから数年経った今、先輩の表情や仕草は次第に薄れている。だけど男の人と出会うたび、そしてその人と電話で喋る機会があるたびに、やはり彼のことを思い出さずにはいられない。

そして私が、百年覚えてるような声ですよ、と言った瞬間の先輩の、照れたような嬉しそうな顔も、私はきっと百年忘れないだろうと思う。

本物の恋

森 絵都

森　絵都
もり・えと

PROFILE
1968年、東京都生まれ。日本児童教育専門学校を卒業後、'90年『リズム』で児童文学作家としてデビュー。'04年早稲田大学卒業。『カラフル』や『DIVE!!』などで数々の児童文学賞を受賞。'04年初の大人向け小説『永遠の出口』が第1回本屋大賞4位、'05年『いつかパラソルの下で』が直木賞候補に。'06年『風に舞いあがるビニールシート』で直木賞を受賞。'08年『DIVE!!』映画化。著書に『つきのふね』『ショート・トリップ』『ラン』『架空の球を追う』『君と一緒に生きよう』など。

かんかん照りの路上で彼を見たのは、病院帰りの昼下がりだった。ぎらつく太陽の光彩は先月となんら変わりがないのに、風や湿気、目に見えないところから着実に秋は忍び入り、夏の盛りはがらんとしていたカフェのテラスにも人気《ひとけ》が戻っていた。その一角に彼もいた。

驚いたのは彼がいたことではなく、彼が彼であるのをたった一目で私が見抜いたことだ。何年ぶり？　今の自分から当時の年齢をとっさに引き算する。八年。信じがたい数字が現れた。首のすわらない赤ん坊でも八年経てば悪態をつくようになる。質のいい革製品ならばほどよい艶《つや》を帯びてくる。フライパンの樹脂加工もはげて玉子焼きが焦げつきだす。そして彼はどうなり、私はどうなったのか？

路上に伸びる彼の影に思わず足をさしのべた。

「あの、すみません」

もしも彼が忘れていたら、人違いのふりをしてやりすごせばいい。八年前のたった一日、ほんの一時をともにしただけの間柄だ。憶《おぼ》えているほうがどうかしている。そもそもあれは彼からすれば一刻も早く決別したい類《たぐい》の記憶なのかもしれないのだし。

しかし、ふりむいた彼の目に浮かんだのは戸惑いではなく、明らかに驚きの色だった。

「まさか」

その一言で、私が私であるのを一目で見抜いた自分自身に彼が驚いているのがわかった。

「やっぱり」

「あのときの？」

「びっくり」

「ほんとに」

「あんまり変わってないかも」

「君は大人っぽくなったね」

きれぎれの会話がとぎれたところで、まあ座りなよと彼が隣席の椅子《いす》を引き、私はそこに腰掛けた。金色の陽射《ひざ》しは巧妙な角度で頭上のパラソルを突破し、彼と私の部分部分をまだらに光らせていた。

「その節は、どうも」

「いえ、こちらこそ」

私たちは改めて向かいあい、目が合うと同時にはにかんだ。

「まさかまた会うなんてね」

「憶えていてくれたんですね」

「そりゃあ、もちろん。忘れたくても忘れられない。君は僕の人生最大の目撃者だからね」

「目撃者?」

「人生最大にみっともない自分を見られてしまった」

私は罪深い目を伏せた。

「すみません。でも、あれは不可抗力です」

「うん、まあ、僕が勝手に晒《さら》しただけだよな。妙なことに巻きこんじゃって悪かったよ。できれば忘れてほしかったけど、これだけ経っても憶えてるんだもん、もう無理かなあ」

「無理です」

「え」

冗談めかして言う彼に、私はひどく切羽詰まった声を返していたと思う。突如、狂おしいほど鮮やかにあの夜がよみがえり、その闇《やみ》に巻かれた八年前の私が叫んだのだ。

ちがう。あなたはわかっていない。あなたに人生最大の衝撃を与えたあの夜が、私に対して与えた衝撃を甘く見ている。あの夜が私にとって今もどれほど特別か——。

「絶対、忘れたくない」

うわずる声を抑えて言った。

「ちっともみっともなくなんてなかった」

八年経った今でさえ、ふりかえると心が軋《きし》むように疼《うず》く。

「私はあれ以来、誰かのことを強く思うたび、あなたのことを思い出します」

彼の瞳《ひとみ》から急ごしらえの笑みが去り、その奥にひそんでいた影がむきだしになった。

体型や服の趣がどれだけ変わろうとも、その瞳はまさしくあの日のままだった。

誰かを強く愛している人の瞳そのものだった。

八年前のあの日——私は弱冠十七歳にして愛することも愛されることも放棄し、かわら祭りの夜を一人そぞろ歩いていた。いや、放棄する以前に端《はな》から愛など知ったことではなかったのだ。
恋愛ごっこだったのだと、今は思う。友達に彼氏ができた。クリスマスが近づいた。カップル同士での旅行の話が持ちあがった。恋をしたくなるのは決まって何かしらの必要に迫られたときで、焦りが高じて男を見る目を自ら進んで曇らせたり、やりたいだけの男に引っかかったり、当時は本当にろくなことがなかった。全然好きではない相手とつきあって、最後まで少しも好きになれずに終わったこともある。努力次第では好きになれそうな相手とつきあって、ようやく努力が実を結びかけたところで相手からふられたこともある。

恋愛に関する情報はあまねくこの世に溢《あふ》れているのに、自分がそれをちっともうまく模倣《もほう》できないことにいらだち、傷ついていた――それが十七歳の私だ。十代の恋愛などうまくいくほうが稀《まれ》であるなどとは露知らず、十代だからこそ全力で恋愛にうつつを抜かさなければならないと意気込み、空転し、疲れはてていた。

かわら祭りのあの夏はとりわけ疲労のピーク時だった。その前月にかつてないほど痛い経験をした結果、私は愛だの恋だのに憎しみすら覚えていた。それでいて、「一緒に祭りに行こう」という中西の誘いを断らなかったのは、恋愛への憎悪よりも孤独になることへの恐怖が勝っていたせいだろう。

寂しい奴《やつ》だと思われたくなかった。

そのためだけに私はいつも誰かを求めていた。

「あのさ、俺《おれ》ひとつ提案あんだけど、かわら祭りにはお互い、ケータイ持ってかねーことにしね？　なんかケータイって風情《ふぜい》ねーてか、日本の伝統的な祭りと合わない気がするわけよ。それにケータイねーほうがなんかスリルじゃん、はぐれたらもう会えねーみたいな、たまにはそういうスリルもいいんじゃん」

中西から意味のわからない提案をされたときも、私はあえて真意を探ろうとはしなかった。自分には理解不能の相手だととうに見切っていたし、どのみちかわら祭りが終わったら別れるつもりでいたのだ。高校の友達が大挙してくりだす恒例のイベントに男っ気ナシで赴くわけにはいかない。中西との関係を絶たずにいた理由はそれだけだった。

女友達から中西の策謀を密通されたときも、そんなわけでさしたるショックは受けなかった。

「やばいよチズ、中西のやつ、かわら祭りを二部構成にして楽しもうとしてやがる」

「二部構成？」

「そう、一部がチズで、二部はB組の高島愛子。かわら祭りを前後編に分けて、一晩で二人とおいしい思いをしようってわけさ。あんた、ケータイ持ってくんなって言われたっしょ？　あれ、わざとチズからはぐれて高島と落ち合うためだから」

祭りの夜を二部構成にして女を入れ替える。たいした男でもないのに浮気癖だけはいっちょまえの中西が企てそうなことだった。今さらそんなことで腹を立てる私ではなかったものの、一部の終了とともにあの華やいだ祭りの只中《ただなか》に一人きり残されるのか、と思うとゾッとした。心ならずも中西を追ってしまいそうな自分が怖かった。そこで、私は当時メルトモの一人だったキンゾーに連絡し、急遽《きゅうきょ》、かわら祭りの二部をともにする約束を取りつけたのだった。相手が二部構成に打って出るなら、こっちもそれに倣《なら》うまでだ。

実際、かわら祭り当日の一部は段取りどおりに進行した。夏の猛威も鎮まりつつある八月の末、私と中西は午後六時に天元橋で待ちあわせ、祭りのスタート地点であるそこから川沿いにねばついた人いきれをぬって歩き、所々で催されている盆踊りやミニ花火大会の前を見るでもなしに通りすぎ、時折すれちがう友達と他愛《たわい》のない話で暇をつぶしあい、何を買おうかとひとしきり揉《も》めた末にやきそばとアメリカンドックでお腹《なか》を満たすと、なんだかもうすべきことはすべて終えてしまった気がした。

一部終了。中西もそう判断したのか、ふくれたお腹を抱えて再び河原を歩きだした頃にはめっきり口数が減っていた。早くも心は二部にむかっているのだろう。そう思うとこちらも落ちつかず、彼が首を傾けたり、視線を泳がせたりするたびに今か、今かと身構えてしまう。いざそのときが来たら上手にこいつをはぐれさせてやらねばならない、とそれなりに気を張っていたのだ。

が、そんな気遣いは不要であった。

「あれ、あそこにいるのA組の太田じゃね?」

無料サービスの味噌田楽《みそでんがく》を取りまく人垣ができていた一角で、ふいに中西が人差し指をさしのべて言った。

「え、どこ?」と私はその示すところに目をこらし、ややして「どこ?」ともう一度、尋ねながら首をもとに戻した。と、すでにそこに中西の姿はなかった。彼がいたはずの空間さえも人の波に押しつぶされている。

やり口は小学生なみだが、一応、作戦成功というわけだ。グッドジョブ。

私はほっと息をつき、ひとまず人気のないところへと河原をさらに進んだ。行き交う全員が味噌田楽を手にしていたエリアを過ぎると、にわかに呼吸が楽になり、体感温度も沈下する。予定ではここで隠し持ってきた携帯電話をバッグから取りだし、どこかで待機中のキンゾーを呼びだす――はずだったのだが、ここでふとした計算違いが起こった。

いつはぐれるのか。いつ傍らから消えうせるのか。終始横目でうかがっていた中西が実際に姿をくらませたとたん、なんだか私は妙に清々とした気分になって、そのままどこまでも一人で歩き続けたくなってしまったのだった。踏みだす足はさっきよりも明らかに軽く、心なしか胸も浮き立っている。磨《す》りガラス越しのようにぼんやりと見えていた祭りの情景がにわかに輪郭を鮮明にし、人々の喧噪《けんそう》も、露店の匂《にお》いも、祭り太鼓の響きも、目にするもの耳にするもののすべてが生々しい光沢を帯びて私を直撃した。ただ中西がいないというだけで、こんなにも世界は活性化するものか！　私はその発見に目を見張った。かけねなしにびっくりした。

中西がほかの女のもとへ去り、人混《ひとご》みの中に一人置き去られたら、どんなにかみじめだろうと思っていた。が、いざそうなってみると一人であることは少しも私をへこませず、むしろうきうきさせていた。もう中西の歩調に合わせずにすむし、どの露店で何を買うのも自由だ。道行く人から孤独な女と思われるのでは……との心配も、こうなるとただの自意識にすぎなかったのがわかる。あまりに膨大な人間がひしめく場では一人の孤独などものの数にもかぞえられずに見過ごされていく。

歩幅を広げ、スピードを上げた。気がつくと私はかつて一度も到達したことのない祭りの果てにいた。国道によって河原が遮断され、綿々と連なる祭り提灯《ぢょうちん》の薄明かりがそこで途切れている。

私はその終点でしばし迷った。ここでUターンをし、来た道を戻りながらキンゾーに電話を入れようか。あるいは、新天橋と書かれた橋を渡って対岸の祭りをひやかして歩こうか。幅四、五メートルの川を隔てた対岸もまたこちら側と同様の賑《にぎ》わいで沸いている。

渡ろう。心の高揚をバネにし、勢いこんで踏みだした。その足を、橋の半ばで何かが押しとどめた。

ペンキを塗りかえて間もないのか、異様にてらてらとした橋の赤い欄干《らんかん》に、一組のカップルが背中をもたせていた。男の側は見るからに中年体型で四十前後と思われるが、女のほうはまだ若く、提灯の薄桃色を帯びた頰《ほお》にも艶がある。かたや紺色のポロシャツにチノパンツ、かたや前ボタンの涼しげなワンピース。やや年の差があることをのぞけばごく普通のカップルだ。にもかかわらず私がその場に立ちつくしたまま動けなくなったのは、女のふんわりとしたワンピースの腹部を一層豊かにふくらませている丸みのせいかもしれない。

妊娠八ヶ月目くらいか。誰の目にもそこに宿る命がありありと見えるお腹を、二人は守るように、抱くように佇《たたず》んでいた。川面《かわも》に揺れる月影を眼下に小声で言葉を交わし、時折、男が手にしたラムネの瓶を彼女の頬に押し当てる。冷たいだろ、というふうに。それからおもむろに手の位置を下げ、その瓶をふくらんだお腹にも当てる。冷たいでちょ、というふうに。ベタなカップルだ。ちんけな幸せだ。心で毒づきながらも私はそのベタでちんけな幸福現場から目を離すことができず、いつまでもしげしげと見入っていた。

だからこそ気づいた。私以外にもう一人、彼らに食い入るような視線を注いでいる男の存在に。その必死な、痛々しいほどに悩ましげなまなざしに――。

やがて男も私に気がついた。祭りの果てだけあって人気もまばらなその橋の上で、私と男は互いに困惑の瞳を交わらせた。が、それもほんの束《つか》の間《ま》にすぎなかった。ラムネの瓶を空にしたカップルが欄干を離れて歩きだしたとたん、男は狼《ろう》狽《ばい》した様子で瞬時に背を向け、彼らに顔を隠したのだ。

幸福な二人はそんな彼の存在など気にも留めず、手と手を取り合って対岸の喧喋の中へ進んでいく。その睦《むつ》まじげな後ろ姿をにらむように見据えていた男は、ややしていきなり私に接近し、むんずと左の手首をつかんだ。

「行こう」

え、と思ったときには、私はすでに彼に引かれて歩きだしていた。

「一緒に行こう」

「どこに」

「二人の行くところ」

「なんで私が」

「だって、見てたから」

「見てただけです」

「知り合いかと……」

「全然」

「そう……でも、この際だから協力してくれないかな」

「協力って……」

「二人でいたほうが目立たないし、万が一、見つかったときの緩衝材にもなる」

「カンショウザイ？」

「こっちもカップルでいたほうが、むこうは安心するでしょう」

十七歳の私に彼の言う意味は捉《とら》えがたく、理解できたのは「わけありらしい」という一点のみだった。わけあり。その一語が匂わす大人の香気にふらりときた。

「ただ、ついていけばいいんですか」

「うん。二人に気づかれないように」

こうしてこの夜の二部が幕開いた。


それにしても、わけありの「わけ」とは一体どんなものなのか。あの悩ましげな目つきからして色恋が絡んでいるのは間違いない。とすると、普通に考えてこの彼はあのカップルの女性を思っているのだろう。片思いかもしれないし、元恋人かもしれない。どちらにしても忘れられずにいる。けれどあの女性はほかの男と結婚……したんだろうな、妊娠してるし。彼はやむなく身を引いたものの、どうしてももう一度会いたくてたまらず、彼女がくりだすであろうかわら祭りで張っていた。そしてついに例の橋上で彼女を発見！

見知らぬ男と見知らぬカップルのあとをつけながら、私は頭の中でぐるぐると推理を巡らせ、以上の仮説を打ち立てた。変質的ストーカー説や、かわら祭り殺人事件説なども浮上しないではなかったが、見たところこざっぱりとした大学生風だし、見つかった場合のことまで計算しているところなども結構、正気っぽい。さほど極端な事態には発展しないと見て取った。

実際、極端も何も、彼はただおとなしく彼らのあとをつけていただけだった。彼らが歩けば歩き、彼らが止まれば止まる。彼らが笑えばちょっと切なげに顔をうつむける。その様子はまるで処女100％の乙女《おとめ》のようで、私は次第にじれてきた。

「いっそ、声をかけたらどうですか」

追跡開始から小一時間も経過したところで、変化のない単純作業に倦《う》んだ私はついに口を出した。

「このままじゃ、いつまでもこのままですよ」

「いいんだ、このままで」

額の汗をぬぐいながらも、彼の瞳は二人の背中をしかと捉えて離さない。

「こうして見てるだけでいい」

「ほかの人と一緒のところを？」

「仕方ないんだ」

「私なら見たくない」

「最後にしっかり見納めておきたい」

「最後？」

「そろそろ気持ちの整理をつけないと。じきに子供も生まれるしね」

なるほど。この追跡は彼にとってはある種の区切りであり、儀式であるのかもしれない。少々神妙な気持ちになった私は再び口を閉ざしてカップルの追跡を続行した。

待ちに待ったハプニングが訪れたのは、夜の十時をまわり、河原をぎっしり埋めていた人の波もようやく引きはじめた頃だった。

終始これ見よがしに寄りそっていたカップルの男が、よりによってそのときだけ公衆トイレに姿を消していた。女はやや離れた小広場の入口で男の帰りを待ち、その背後からは喉自慢《のどじまん》大会に興じる人々の歌声や拍手、野次や笑い声などがかまびすしく響いていた。

不運にも、男が戻る前、それらに混じって付近のスピーカーからアナウンスの声が流れたのだ。

「ご来場の皆様にお知らせします。まもなく小広場での喉自慢大会が終了し、同広場にて当かわら祭りのキャラクター、テンテンのお披露目会がはじまります。小広場へお集まりいただいた方のうち、先着二十名様にテンテンのオリジナル地下足袋《じかたび》をプレゼント致しますので、こぞってお越しください」

いらねーよ。私が心で吐きすてたその直後だった。背後から「ゆるキャラ、キターッ」とすさまじい雄叫《おたけ》びが聞こえ、三人の男が猛迫力で突進してきたのだ。競うように小広場の入口へと駆けこんだ三人のうちの一人が、そのとき、男を待っていた彼女の肩に軽くあたった。

あ、と思わず声を上げたときには、彼女の体はすでに傾いていた。お腹のふくらみを守るように彼女は腰から地に落ち、くっと唇を噛《か》みしめた。

一瞬のことだった。虚をつかれて立ちすくむ私の横から、彼が彼女へ駆けよった。大丈夫？　張りつめた面持ちで彼女の手をつかみ、助け起こす。その命を確かめるようにじっとお腹に手を当てていた彼女は、やがてほうっと安堵《あんど》の息をつき、ありがとうございます、と彼の顔を見上げた。

その瞳が瞬時に凍りついた。彼が彼であることに気づいたのだ。彼は気まずそうに目を伏せ、重たい沈黙が立ちこめた。出番だ。こんなときこそ私は彼らのカンショウザイにならねばならないのだ。そう思いながらも足が動かない。よりによってそんなとき、男が公衆トイレから戻ってきた。間の悪い人間はどこまでも悪い。

男は彼女と向かいあう彼を見てハッとした。彼のことをよく知る人の顔だった。この三人に一体なにがあったのか。男の合流によってその場の空気は一層重くなり、離れて見ていた私までも息が詰まりそうだった。

長い沈黙を破ったのはカップルの男だった。

「来てたのか」

彼は男の目を見ずに返した。

「邪魔するつもりはないよ」

女がその場を繕うように言った。

「助けてくれたの。人にぶつかって、私、倒れて、それで……」

それぞれが一言ずつを発すると、再び沈黙がその場を支配した。今だ。今度こそ。私は意を決してその沈黙の中に飛びこんだ。

「お待たせ。トイレ激コミで超時間かかっちゃった。ごめんねー」

いかにも年下の彼女風に駆けより、彼の腕に腕を絡めてみせる。

幸福なカップルの瞳が見る見る色を変えていくのがわかった。男の目には驚きの色が。女の目には安堵の色が。

「いい人ができたのね」

全幅の祝福を湛《たた》えた笑み。それは彼の心を貫く凶器でもあっただろう。硬直し、微《かす》かに震えていたその肌に触れていた私には彼の痛みがありありと伝わってきた。

「うん」と、それでも彼はその痛みを全力で封じこめ、彼女に笑顔を返した。

「だからもう心配しないで」

「よかった」

「それだけ言いたくて」

「ありがとう」

「どうか彼を幸せに」

見事な引き際だった。笑顔の奥で強ばっていた瞳を見透かされる前に、彼は
「じゃ」と片手を掲げて彼女に背中をむけた。立ち去る寸前にようやく相手の男と目を合わせ、その一瞬だけはわずかに表情を歪《ゆが》ませたものの、未練を悟られることなく二人から足早に遠ざかった。

新天橋の方向へとひた歩きながら、彼は一度も彼らをふりかえりはしなかった。時折小走りになりつつあとを追う私のこともふりかえらなかった。ただ黙々と歩みつづけ、もう絶対に彼らから見えないという地点まできてようやく足を止めた。

そのまま、どさっと崩れ落ちた。本当にどさっと。音がした。コンクリートの地面に膝《ひざ》をつき、背をかがめ、両手も地に投げだし、そして彼は泣きだした。盛大に涙を吐きだし、大声で嗚咽《おえつ》し、鼻水まみれになって。

号泣だった。男の人のそんな姿を見たのは初めてだった。道行く人々はそんな彼を奇獣か何かのように眺めまわし、露店の人々も首を伸ばして好奇の視線を送っていた。一緒にいて恥ずかしい、とは、しかし微塵《みじん》も思わなかった。彼の泣きっぷりにはそんな負の感情を寄せつけない迫力があり、神々《こうごう》しさがあった。彼のこの爆発的な苦しみは、少なくとも彼の大事な人を苦しませはしない。誰も傷つけずに自分の傷だけをひたすらえぐっている。

気がつくと、薄桃色の提灯が闇に染み入るかわら道で、彼の傍らに佇んだまま私も静かに泣いていた。

こんな恋がしたいと、泣きたいほど強く思ったら、本当に涙が出てきたのだ。私もこれほどに烈《はげ》しく誰かを愛してみたい。

遊びのような恋ではなくて、孤独をまぎらすための彼ではなくて——。

声を立てずに泣きながら、私は強く、強くそう思い続けたのだった。

「泣くだけ泣いて、顔を上げたら君まで泣いていた。あのときは本当に驚いたし、恥ずかしかったよ。正直言って君の存在、すっかり忘れちゃってたもんだから。失礼な話だよね」

あの夜は真っ赤に泣き腫《は》らしていた瞳を白昼の陽射しに光らせ、八年後の彼が笑う。その笑顔に無理がないことを確認し、八年後の私も声をそろえて笑う。

「ほんとに失礼です。私のこと置いてさっさと帰っちゃうし」

「そう、あんまりばつが悪かったもんだから、ごめんごめんとか言いながら、逃げるみたいに帰っちゃったんだ。せめて天元橋まで君を送っていくべきだったたって、あとから反省したよ。ちゃんと帰れた？」

「はい」

あの夜——説明のつかない涙をもたらしてくれた彼がダッシュで立ち去ったあと、私はちょっとぽかんとし、あっけにとられながらも天元橋へと踵《きびす》を返した。

もう二度と彼には会えないだろう。そのときはそう思った。烈しい恋の余韻だけを残してきれいに消えてしまった、と。立ち並ぶ露店も店じまいを始めたその道すがら、互いの腰に手を絡めて寄りそう中西と高島愛子を見かけたときも、私は彼のことだけをずっと心に思っていた。ふと思い出して電話を入れたキンゾーから、いい女と知りあって一緒にいるから今夜は会えないと言われたときも、この夜のどこかにまだ焼きついている彼の恋だけを追っていた。

ゆらり、ゆらりと水の中を歩くように進んで、ようやく祭りのスタート地点である天元橋に戻ったとき、私は自分が来たときとはまるで別の地平に佇んでいるのを静かに感じたのだった。

「信じてもらえないかもしれないけど、あれから私、変わったんですよ。それまではほんとにつまらない、見せ物みたいな恋ばかりしてたのが、なんていうか……その、本物の恋を待てるようになったんです」

「見せ物みたいな恋って?」

「見栄《みえ》やプライド優先の恋。おかげで失敗だらけで、随分、痛い目にも遭いました」

私に気づいたウエイターが水とメニューをテーブルに運んできた。水滴を盛大に滴らせたグラスを眺めながら、私は八年前の秘密を告白すべきかしばし迷った。思いきって打ち明けたのは、あれだけ自分を晒けだしてくれた彼に隠し事をするのがためらわれたからだ。

「じつは……あのお祭りの少し前に、私、子供を堕《お》ろしていたんです」

「え」

「だからあの夜、あなたが追っていた女性から目が離せなかった」

静かに凪《な》いでいた彼の瞳が波立った。動揺を押し殺すように彼は「そう」とつぶやき、数回、品の良いまばたきをした。

「そうか」

「早く忘れたくてしょうがなかったのに、あの頃は身重の人を見ると気になって、どうしてもお腹に目がいってしまって……。その人が幸せそうならなおのこと、なんだか、たまらなくて」

「それであんなに思いつめた目をしてたんだ」

「いえ、思いつめた目をしていたのは……」

あなたのほうがずっと。そう言いかけた私を遮《さえぎ》り、彼はおもむろに声のトーンをあげた。

「今は、本物の恋をしてる？」

「はい」

「今、幸せならそれが一番だよ。今、お腹にいる子が元気で生まれたら、それが一番」

私の腹部にあたたかく注がれた彼の視線に頰が火照《ほて》った。

「やっぱり、わかりますか？」

「いつ生まれるの？」

「十二月の予定です。もう安定期に入って、今日も病院に行ってきたんですけど、順調に育ってるって」

「おめでとう」

晴れやかに祝福され、さすがに告白を憚《はばか》られた。かわら祭りの夜から数年間、私がつねに瞳のどこかで彼を捜していたことを。もしかしたらあれが最初の「本物の恋」だったかもしれないことを。彼との再会をあきらめ、その面影すらも忘れかけた頃に今の夫と知り合い、大事な命を授かったことを。

「ありがとうございます」

一抹の苦さを胸に微笑《ほほえ》んだそのとき、ご注文は、と先のウエイターが戻ってきた。

「ごめんなさい。私、もう行かなきゃいけないので」

私はウエイターにメニューを返し、彼に向き直った。

「これから赤羽橋で仕事の打ち合わせなんです。産休前の引き継ぎでバタバタしていて」

「そっか。じゃあ、あんまり引き留めちゃいけないな。あの日のお詫《わ》びに送っていきたいところだけど、こっちもそろそろ連れが来るもんだから」

「あ、待ちあわせだったんですか」

「うん、まあ」

照れくさそうな笑み。その瞳の湛える濃厚な光に、ぴんときた。

「もしかして、恋人?」

「うーん、まあ」

「よかった。好きな人ができたんだ」

「じつは結構、ほれっぽい」

彼の告白に声を上げて笑った。その笑声にかぶさるようにして「おまたせ」と、肩越しに低い声がした。陽を浴びていた私の半身が翳《かげ》り、背後から待ちあわせの相手が姿を現した。

ふりむき、一目見て、呼吸を忘れた。

瞳の美しい人だった。顔全体の彫りも深く、鼻筋もきれいに整っている。彼よりだいぶ年上らしく、鼻の下には貫禄《かんろく》のある髭《ひげ》がたくわえられているものの、無精髭のようなだらしのなさは微塵もない。開襟シャツの胸もとから色気が顔をのぞかせる大人の男がそこにいた。

「遅れて悪い」

彼の彼が言い、ちらりと私に目を向けた。

「知りあい？」

「うん。八年ぶりに、ばったり」

「じゃ、俺は遠慮しようか」

「いえ、私はもう行きますので」

しばし放心していた私は慌てて腰を浮かし、彼の彼のために席を空けた。

「会えて良かったです。その、ちょっとびっくりしたけど」

「うん。ちょっとびっくりさせちゃったかもしれないけど」

最初の衝撃が去り、胸のざわめきが鎮まると、妙な可笑《おか》しさがこみあげてきた。

つまり八年前、彼の瞳が追っていた相手は——。

「あの夜、あの橋の上で私たち、別々の相手を見ていたんですね」

「うん。でも、本物の恋にはちがいなかった」

「もちろん。私が証人です」

あの一夜にひそんでいた秘密を思いがけず彼と交換した私は、わけありの笑顔でうなずき、かんかん照りの路上へと身をひるがえした。

初出誌「non・no」

『ドラゴン＆フラワー』	石田衣良	2005年11号、12号
『卒業旅行』	角田光代	2005年15号、16号
『Flying Guts』	嶽本野ばら	2005年19号、20号
『初恋』	島本理生	2006年 9 号、10号
『本物の恋』	森絵都	2006年21号、22号

この作品は二〇〇八年五月、集英社より刊行されました。

集英社文庫の好評既刊

エミリー

嶽本野ばら

「この残酷な世界に生み落とされたのは、きっと貴方に出逢う為だったのですよね」。少女と少年が原宿の路上で出逢った夜から世界が始まる…。生きづらさを抱える老若男女に贈る物語。

永遠の出口

森　絵都

小さい頃、私は「永遠」という言葉にめっぽう弱い子供だった――。ナイーブでしたたかで、どこにでもいる普通の少女、紀子の10歳から18歳までの成長をめぐる、きらきらした物語。

S 集英社文庫

恋《こい》のトビラ 好《す》き、やっぱり好《す》き。

2010年５月25日 第１刷
2010年６月22日 第３刷

定価はカバーに表示してあります。

著 者 石田《いしだ》衣良《いら》 角田《かくた》光代《みつよ》 嶽本《たけもと》野《の》ばら
島本《しまもと》理生《りお》 森《もり》 絵都《えと》

発行者 加藤 潤

発行所 株式会社 集英社
東京都千代田区一ツ橋2-5-10 〒101-8050
電話 03-3230-6095（編集）
03-3230-6393（販売）
03-3230-6080（読者係）

印 刷 大日本印刷株式会社

製 本 大日本印刷株式会社

フォーマットデザイン アリヤマデザインストア マークデザイン 居山浩二

ISBN978-4-08-746565-5 C0193